愛の倫理

「自分を生ききる」ということ

瀬戸内寂聴

青春出版社

理解することには疑《うたぐ》りがあり闘いがおこる。
幸福とは、その苦しみに裏打ちされた傷だらけの愛を
自分の孤独の中にしっかり
握り締めることではないだろうか。

わたしからあなたへ

人生はあきらめてはならないのです。
破れた靴は捨てるしかありません。
でも人は必ず新しい靴で、地をしっかりと
踏みしめていかなければなりません。
はだしでは歩けないのです。
どんな靴も、やがては足になれてきます。
それと同じように、人生は何度でもやり
直しができるものです。

そして生きて闘うこと、それが人生だと思います。
後をふりかえらず、自信を持ってぶっかってください。

瀬戸内晴美

一九六八年刊行・『愛の倫理』より

女であるまえに

女に生まれたということは、私たちが選んだことではありません。私たち女の誰ひとり、母のおなかで女に生まれたいと思ったわけでもありません。それでいて、女に生まれたばかりに、私たちの生涯は、何とたくさんの苦しみや、悩みや嘆きにおおわれてくることでしょう。

男女同権がずいぶん昔から叫ばれていても、まだ本質的に男女同権が女のものとなっていない証拠に、相変らず、私たちは、女であるための悲しみや苦しみを背負って、女にも男同様に、職場を与えよとか、同等の待遇をせよとか叫びつづけています。

女のくせにということばは百年前の明治時代と同様に、私たちのまわりには聞かれ、女には女らしさをということを男たちはしつこく強調しています。

本当の女らしさとはどういうものか。私たちは男たちの意見に一々びくびくしな

がら、男に嫌われない女となるための魅力をつけようとあくせく気をつかっていま
す。
　女に生まれる前に私たちは人間であるということを忘れてはいないでしょうか。
母である前に人間であるということを忘れてはいないでしょうか。
　男に従順に従うことだけが女の美徳とされていた長い歴史が、私たち女に、自分
で考え、自分で行動し、自分で自分に責任を持つということを忘れさせてきました。
　私たちはもっと、あなたまかせや、人頼みの生き方を捨て、自分自身の中に眠っ
ている可能性の芽を育てることに、生きる喜びと意義を認めていくべきではないで
しょうか。
　旧来の道徳を盲信しないで、新しい明日の道徳を、もっと女の幸福と自由のため
の道徳を、私たち女の手でつくっていくための努力と闘いに勇気を持ってのぞんで
いってはどうでしょうか。

瀬戸内寂聴

愛の倫理　目次

Ⅱ 愛からの自覚

Ⅲ 愛からの生き甲斐

カバーイラスト…たなかみさき
本文デザイン…黒田志麻
本文DTP…キャップス

Ⅰ　愛からの追求

忘れてはならない能力

〝大抵の女は家庭的より魅力的といわれる方を喜びとする。だがそのことくらい易しそうで難しいことはない〟

妻に求める夫の考え方

家庭的な女というイメージは、男にとっては永遠の憧れであるらしい。独身時代は、顔の美しさや、肢体《したい》の魅力的なことにひかれるけれど、一度、結婚してみると、妻の上に求める夫の要求はすべて家庭的なものとなってしまう。

才能があり、経済力があり、社交的であり、いつまでも若々しく美しくても、その女が掃除が下手で、料理が下手で、洗濯が嫌いだと、夫は、お百度をふんで求婚した情熱も忘れ、隣りの見栄えのしない妻女の、掃除好きをうらやましがったり、向いのチビで色黒の妻女の、いつか届けてくれた漬物《つけもの》の味をうらやましがったりする。

日本の女が世界の男たちの憧れであるゆえんは、風呂場で三助[*1]のように男の背を流すとか、肌がなめらかで口ひげが生えていないとかいうディテイル（細部）が問題なのではなく、日本の女がいかに家庭的な躾《しつけ》をうけ、先天的にその血が流れていて、夫に犠牲的に奉仕するかという点が、聞き伝え語りつがれて信じられている結果であろう。

たいていの女は、家庭的だといわれるより、魅力的だと男にいわれる方を喜びとする。日本の女にとって、家庭的という評価は、いかにも他に能がないように思われるのである。ところが、本当に家庭的な女になることとくらい易しそうで難しいことはない。

さすがにこの頃の若い女性は、その母親の時代よりは頭も進歩していて、「家庭的な女」の実体が、どんなに難しいかを心得ている。よく働いている、仕事熱心な若い女性から私は相談ともつかず打明け話ともつかない感想をのべられることがある。

「結婚に対して情熱がなさすぎるのが不真面目で生意気だっていわれるんです。でも、いわゆる家庭生活とか結婚生活ってものに、大して興味がないんです。見合して、ある程度のところでがまんして結婚する。家庭って、そんなにがまんしてまで持つほど魅力があるものでしょうか」

その点においては見事な失格者である私は、何とも答えられないで言葉につまってしまうのである。

ひとりでいる男もみじめったらしいけれど、家庭を持ってみるとなおさら鈍感で不潔にみえると、彼女たちは口を揃《そろ》えていうのである。

それから「どうせ、あたしドメスティック（家庭的）じゃありませんから」という、その語調にはどこか昂然《こうぜん》とした調子があり、誇らかでさえある。ドメスティックでないことをイコール才能があるとでもいいたそうに見える。

もっとつっこんで聞くと、「家事なんて、お金さえ払えば、それを職業にしている人にやってもらえるんですもの」という。

ところでそういうアンチ・ドメスティックの彼女たちのやっている、いわゆる社会的な仕事というのは何なのだろうと聞いてみると、男の子なら、高校生でもできる、使いはしりみたいな仕事である。

えらいのは、彼女たちの仕事の才能ではなく、たまたま入れた会社の名前なのである。

こばまず求めない能力

本当に家庭的というのはどういう女性なのだろうか。男が思い描く、理想の家庭的女性というものを挙げてもらおう。

1　ヒステリックでないこと

いついかなる時でも感情の波長に乱れがなく、おだやかな微笑をたやさないでいられること。つまり、たった今はりかえたばかりの障子を、となりの坊やに破られても、ダメッ、メエッなどとヒステリックにどなりつけないでいられるほど鈍感であらねばならぬ。

なぜなら、夫というものは、一歩外へ出れば、常に生命の危険にさらされ、上役に憎まれ、手下におとしいれられる危機にさらされているのであるから、せめて、家の中でなりと、ヒステリックな空気にはふれたくないにきまっている。

2　料理がうまいこと

今の世の中は、すべてスタミナの競争である。たいていの人間がたいてい同程度の教育を受け、同じ試験にパスし、同じ程度の力量や才能をもって一所に集まって、同じ仕事をしているのである。

同じスタートから走りだした人間が、ほんの半歩でも他の者から先んじ、ぬきんでるには、あとはただ本人の体力のスタミナしかない。その源泉は餌《えさ》にしかない。いかに日常の餌を美味《おい》しく安く、たべさせてもらえるかということは、妻の手料理の腕にかかっている。

家庭料理というものはインスタント食品を上手につかうということではなく、原料をいかに原形のまま仕入れ、原形の味を損わず料理するかということにかかっている。

料理学校の献立やテレビ料理を並べるのではなく、いかに料理の三百六十五日、九百回の食事に当意即妙《とういそくみょう》の、独創を発揮できるかということである。

3　素直であり、信じる能力を持つこと

あなたの息子を信じなさいという歌の文句ではないが、何よりもまず夫を信じる能力を持つことである。たとえ夢想であっても、だまされているのであっても、信じる能力を持つということが、家庭的には絶対である。

信じるという能力は文明の進化につれ失われる、つまり、教育が高まるにつれ失われる。信じる能力は文明とは逆行するのである。そうと知ってなおかつ、夫のすべてを信じられるということは、つまりあまり物事を考えないたちでなければなら

ぬ。もっと平たく言えば、理知的であっては困るのである。

4　理性的であるより感情的であること

今どきの家計が、夫のサラリーだけで十分まかなえるだろうか。家族それぞれの欲望を並べたてたら、とうてい一家の主人の収入では足が出るにきまっている。

理性的な妻は、そのことをちゃんと数字で計りだして、赤字のいかに必然的であるかを論じたてようとする。それでは家庭的とは申しかねるのである。

足りないところを木の葉っぱのお金でごまかし、足りてみせるような幻想的なところがなくてはならない。今の世の中の庶民の生活は1＋1＝2ではなく、1＋1＝6であり、10－5＝8でなくてはならないのである。それは芸術の不思議さと同種類のメタフィジック（形而上的《けいじじょう》）な魔術であって、高尚な才能である。

5　掃除上手であること

清潔好きをことさら自称したり、お化粧好きだったりする女にかぎって、掃除が下手だということは、不思議な現象である。化粧品を買いこむ癖のある女の鏡台にかぎって鏡は曇っているし、ひきだしの中は汚れたパフや、使いのこしのルージュや、ファンデーションでよごれたガーゼなどでごったがえしている。

香水をぷんぷんさせている女に、えてして、何日も風呂に入らず平気でいられる女が多かったりする。

おしゃれの女は、掃除が下手とみて、だいたいまちがいないようである。おしゃれの女、つまり、自分を美しくかざることの効果を知っているような女は、どんなにつつましそうにふるまっていても心が外向的なのであって、そういう女は本質的に掃除などに心がむかないのである。

6　批判精神があってはならぬ

正しい批評の目などはもともと女には希薄《きはく》なのだけれど、教育の進歩で、女が次第に男性的になるにつれ、批判精神がめばえてきた。ひとたび、批判精神で家庭をふりかえってみたら、どうだろう。1＋1＝6にしなければならない家計にまず疑問を抱くであろう。そんな家計をしか維持できない夫の才能に、疑問を抱くであろう。そんな夫に仕え、そんな夫に生涯つながれていなければならぬ自分の立場に疑問を抱くだろう。

つぎつぎ抱く疑問は果てしなくつづき、答えを出せばこんな家庭は一日も早く解消すべきが本当であると結論が出てくる。要するに、それでは家庭的とはいえない。

7　視野はせまくなくてはならぬ

家庭の妻は、観念の上にすべて「私の」ということばをつける。

私の夫、私の子供、私の庭、私の犬、私の猫、私の花ｅｔｃ、……。

家庭的な女は、家庭が宇宙なのである。隣に火事があっても私の家さえ焼けなければよかったと思い、向いの人がコレラで死んでも、ああ、私の誰彼でなくてよかったと喜ぶ。私の夫はあちらの夫よりも頼もしく、私の子供は、だれの子供よりもかしこくて美人だ。上役が交通事故で死んだため、うちのお父ちゃんが役付になれた。それで結構万々歳なのである。

宮沢賢治の詩のように、よその不幸にいちいち心を痛めてかけつけていた日には、家庭はお留守になってしまう。

8　引っ込み思案でなければならぬ

およそ社交的では困りものである。ＰＴＡの役員になりたがったり、町内の奥さんをあつめ手芸の会をつくりたがったり、歌をつくったり、木彫を習ったり、家事以外のことにエネルギーをつかい果たすような意欲家であっては困るのである。

誰かが何かをすすめにきたら、まず、「宅に相談してみまして」と逃げをうつくらい臆病でなければならない。自主性がないなどとののしられても、そんなおどしやおだてにのらないくらい引っ込み思案の方が家庭的なのである。

なまじっか、意欲的な向上心や勉学心はない方がいいにきまっている。第一、本気で家事をぬかりなく、ドメスティックな妻といわれるくらい心をこめてやれば、雑用以外にとれる時間なんて、絶対みつかりっこないのである。やれ、家庭電化だ、便利になったと、宣伝文句につられ、ついうかうか、今どきの主婦は昔にくらべて楽になったなどと思うのは浅はかな計算というものである。電気釜《でんきがま》や、電気湯わかしのなかった時代と、今では、一時間の内容が三倍くらい重くなっていることを忘れてはならない。

江戸から京都まで水盃《みずさかずき》＊2で旅だった時代と、宇宙を飛んで帰ってこられる時代の差を忘れ、電気洗濯機や電気掃除機くらいでごまかされ、本当に主婦は楽になったなどと思うのが、大まちがいなのである。いつでも主婦の仕事は、社会の足並みからみれば、重すぎる荷を背負って、よたよたおくれがちについていっているものだ。

9　セックスの要求の薄いこと

夫の要求は決してこばまず、我からは決して求めない昔の女大学式のセックスが、家庭生活を安定にたもつ。今や、セックスの知識過剰時代で、世の中の主婦は一種のセックス・ノイローゼになり、常にセックス被害妄想にかられ、夫のセックスの性能において、強さにおいて、つねに懐疑的になっているのは、およそ家庭的ではない。

天下の夫族が生存競争の過酷さに負けて、ほとんど不能に近づきつつあるとき、妻族ばかり、セックスの机上の論にウンチクをかたむけられては、ますます夫の方は萎縮《いしゅく》してしまうだろう。世の夫族に、せめて妻とのベッドでくらい自信をもたせるためには、妻たちはもっとセックスに淡白であらねばならない。

10　山内一豊《やまのうちかずとよ》＊3の精神を受けついでいなければならない

そんなことは、赤字がきまりの亭主の収入では無理だなどと論理的な答えをだす妻は、はじめから家庭的ではないのである。10－5＝8のマカ不思議の計算で家計をきりもりすれば、絶対へソクリというものは捻出《ねんしゅつ》できるしくみになっている。もちろん、夫や子供の下着や、妻の下着だって、満足なものは用いられない。人さまの目にふれなければ、そんなとこ、つぎはぎだっていいわけだ。

あるいはそれは、夫の情事の尻《しり》ぬぐいのお金に使わなければならないともかぎらない。それだって家庭の危機を救うことにまちがいはないのである。

男が本当に休める個所《かしょ》

ざっと十か条思いつくままにあげてみても、家庭的な女ということが、如何《いか》に生やさしいものでないかがわかる。

それでいて、冷静にこういう長所をすべてそなえた女を描いてみたら、男にとっては何と魅力のない女ができ上がるだろう。だからこそ、家庭的な女に家庭を守らせながら、男は、外で非家庭的な女と情事を楽しみたがるのである。

男にしろ、女にしろ、本当に仕事をしようと思う人間ならば、家庭の平安などかまっていられないのが本当ではないだろうか。社会的な仕事と、家庭の幸福とは絶対に相いれないようである。私は、物好きで好奇心が強いので、チャンスがあれば、大臣とか大実業家などという人に逢《あ》うこともある。そのたび理想の女は？　という愚問を発してみると、申しあわせたように家庭的な女というのである。もっと問いつめれば、うちの女房という答えが出てくる。

さらに問いつめると、おおよそ前にかかげた十か条は最低まもっていられるような夫人のイメージがうかんでくるのである。彼等の言い分を聞くと、家庭とは、休むところで、家のうるさい相談事など持ちかけられるのはまっ平《ぴら》だと申しあわせたようにいう。

それなら、彼等が、本当に家庭で休んでいるかというと、どうも、「休むところ」は他にあるというのが実状で、本当に男を休ませてくれるのは非家庭的な女のようである。家庭的な女が幸か不幸かは、当人の自覚次第で、自分を不幸だと考えるような女ならば、すでに、もう家庭的ではなくなっているのである。

家庭的な女の条件に、虚栄心の少ないことをあえていれなかったのは、虚栄心こそ家庭的な女の最大の武器だと思うからである。夫を社会に目立たせ、夫を有能な人間にするためには、「愛」ではたりない。虚栄心という薬味がきかなくてはひきたたないのである。

家庭的な女が、安心して、家庭の中にひっこんでいられる最大のよりどころは、有能な「私の夫」をみて下さいという虚栄心に外ならない。けれども、こういう家庭的な女という男の理想像も、女の経済力の確保につれ、次第に急激に少なくなっていくのはふせぎきれないようである。家庭的な夫になって、妻を社会的にした方が楽な暮し方だと男たちに気づかせるのは、果して女にとって幸福か、不幸かは、まだ結論や答えの出る段階まで至っていないようである。

＊1【三助】銭湯で風呂を沸かしたり、客の背中を流したりする男性労働者のこと。
＊2【水盃】二度と会えない可能性がある別れの場で、酒の代わりに互いに杯に水を入れて飲み交わすこと。
＊3【山内一豊】安土桃山時代～江戸時代初期の大名。一豊の妻が夫の立身のために名馬を買う内助の功の逸話が有名。

男が本当に愛したい女

〝物を識《し》ることは、哀《かな》しいことである。いつの時代でも、女は男に愛されることを望んでいるが、男の愛したい女は、自我に目覚めた聡明な女ではないからである〟

秘められた女の表情

文楽の人形の頭《かしら》をつくる人に大江巳之助《おおえみのすけ》さん＊1という名人がいる。もう文楽の人形の頭をつくる人はこの大江さんと、天狗久《てんぐひさ》＊2の孫にあたる人くらいになってしまった。大江さんは戦災で文楽の人形の首がすっかり焼失した後、一座の頭全部をひとりで彫りあげ、つくりあげた人である。

もう四十年もこの道一筋に生きてきた人だ。阿波の鳴門《なると》の町外《まちはず》れにひっそりと暮していられる大江さんを訪ねたことがある。

その時大江さんは人形の頭をつくる苦労談を話してくれて、

「女の首のことで、私の修業のいましめにしていることがございます。なくなられた吉田文五郎《よしだぶんごろう》さんが、私に注意して下さったことですが、女の顔は、ぼんやりした表情に彫らなあかんで。女の顔がひきしまっていたら、遣《つか》いにくうてかなわん。女の性格を人形遣いが入れるには、人形の頭はぼんやりした方がええのやと、こういわれたことです。なるほど、女の口元をしっかりしまって彫ると、何とのう人形の首にしっかりした表情が出てきます。それ以来、私は、女を彫る時はいつもぼんやり、ぼんやりと、その表情を心がけております」

ということであった。

なるほど大江さんの仕事場にある老《ふけ》おやまも、笹屋《ささや》（若い娘）の首も、目も眉も目鼻も、おだやかで、口もとは半びらきにして、駘蕩《たいとう》とした表情をしている。

文五郎さんは女の人形を遣わしたら日本一だった人で、女の哀しさや心のもだえが、その肩や首筋からいのちあるもののようにあふれて、文五郎さんの人形は、生《なま》身《み》の女よりもはるかになまめかしく、はるかにいじらしいのだった。晩年にはもう耳が全く聞えなくなっていたのに、舞台で人形をもつと、ちゃんと、歌や三味線に人形の振りが寸分たがわずのったという名人である。その文五郎さんが、女の顔はぼんやりした方がいいとはさすが名人のことばである。

実社会でも、ぼんやりした表情で嫁《とつ》ぎ、夫に魂を入れられて性格づけられる女は、結婚生活でも幸せにゆくのではないだろうかと考えさせられるのである。

才女ということばが一時流行《はや》り、そのことばの中には一種の男性側からあてこすりや皮肉がふくまれていて、あなたは才女ですねといわれて、無邪気に嬉しがるような才女はひとりもいなかったものである。

今では、世の中の女という女は聡明になり、しっかりした顔になっている。男たちは、通勤ラッシュにもまれてへとへとになり、新聞もろくに読めないほど、消耗している時、妻族たちは、電化生活からうみだした時間で、大いに読書し、テレビの教養番組もみのがさず、新聞はもちろん、すみからすみまで目を通し、夫よりも博学になっている。PTAでも一家言《いっかげん》あり、教育熱心なことはこの上もない。

けれども女の顔がしっかりとひきしまり、その目が教養と知性できらめき、その顔は博学にずしりと重くなっていくにつれ、女の心の中のうるおいや、感性は次第次第にひからびていっているのではないだろうか。

物を識ることは、哀しいことである。物を識ることは、物が見えてくることである。

夫の欠点や夫の甲斐性のなさが、額面通りにありありと見えてくることである。心の柔かな頼りないほどの心の方が、男には結局扱いよい都合のいい女で、愛情も深くなるというのは、昔も今もあまりかわっていないのではないのだろうか。

女が不幸になる運命

聡明すぎて不幸になる女の例は多いけれど、頭が悪いため不幸になったという女の例は案外少ないのである。

源氏物語の有名な雨夜の品定《しなさだ》めの中にも、夫を教育するほどの学問のある妻や、何をやらせてもそつなくやりこなす頼もしい妻などの例が出てくる。そして結局は男たちは、そういう女の聡明さやぬけめのない頭のよさには心の一部で惹《ひ》かれたり、実生活では結構調法《ちょうほう》に思って利用しながら、結局は煙たがって、別れるチャンスを窺《うかが》っているというように描かれている。そして頼りないほどの、素直な内気な夕顔のような女のいとしさを強調して、男心を捕えるのは、結局はそういうような女だとも受けとれる書き方をしているのである。もともと紫式部は、女は才があってもそれをひたかくしにするほうがつつましくていいと考える性で、清少納言のように、才のあるままをすっかりさらけだすような才女をはしたないしみぐるしいと日記の中で軽蔑《けいべつ》している。

けれども所詮《しょせん》は、紫式部自身は才能のありあまるような女だったから、自分の才能の重さを自覚し、自分と反対のようなぼんやりしたおとなしやかな女に憧れをよせたのかもしれない。源氏物語の中で源氏の恋人として次々あらわれる女たちの中でも、才ばしった女には不幸な運命を与えている。

女の理想像のように描いている紫の上が、まだ子供のうちから源氏にひきとられ、個性も何もあらわれていない頃から、源氏の思いのままに教育されていって、理想に近い女に仕立てあげられていったのを思うにつけ、

「女の顔はぼんやりしていいんと、思うように遣われへん。性根《しょうね》を吹きこむことが出けへん」

といった文五郎さんの言葉の意味深さが味えるのである。

明治以来、わが国でも女が自我に目覚め、徳川の封建時代の女たちからみると考えられないくらい自主的になり自由になり、学問も社会での発言も男なみにするようになってきている。

けれども、それだからといって、女が封建時代より幸福になっているかというと、大いに疑問も出てくるのである。

明治生まれの自我に目覚めた秀《すぐ》れた女性たちの伝記を次々書いてきた私は、彼女たちのきり開いてくれた道が、どうしても私たちの歩んでゆかねばならない道であると自覚しながらも、彼女たちが自我に目覚めたばかりに、自ら選んだ生涯の苛烈《かれつ》きわまりない生を思う時、やはり慄然《りつぜん》と背筋の寒くなる想いもする。

いつの時代でも、女は男に愛されることを望んでいるし、男の愛したい女は、決して自我に目覚めた聡明な女ではないようだ。

さきほどの雨夜の品定めの中にすでに、聡明な女は、浮気心を楽しませる一時の情事の相手には面白いが、本当に愛したい女は、頼りなくてすてておけないような女がいいとあげている。そしてどうやら何千年経《た》っても、そういう男心はいっこうに変りはないようにも思える。

＊1【大江巳之助】徳島県鳴門市出身の人形製作者。一九〇七年～一九九七年。
＊2【天狗久】初代天狗屋久吉。明治・大正・昭和と三時代にわたって、阿波人形浄瑠璃に使用する木偶を製作した人形師。
＊3【吉田文五郎】文楽人形遣い。一八六九年～一九六二年。

悲劇をおこす男女のズレ

〝悪女が虫も殺さず貞淑そうに見えるのと対照に、本当の愛情深い女は、決して誇示したり自分の愛の量をはからせたりはしない〟

やさしさが生む深情け

「悪女の深情け」ということばがある。

女の情が深いということは、男にとってはいい条件のはずなのに、なぜその上に悪女がつくのだろう。

深情けの女というと、美女は浮ばず醜女《しこめ》のイメージが浮ぶのも考えてみれば奇妙なことである。

情の濃い女と、情の深い女はちがうようだ。情の濃いということはセックスの濃厚さに結びつき、情の深いということは、たぶんに精神的なもので、いいイメージとしては近松の女が浮んでくる。冷たい女、温かい女というのも、「情」にかかっていることである。

男は、日常生活では、情の深い女を便利だと喜び、その恩恵に浴していながら、冷たい女に憧れる身勝手な気分がたぶんにある。

「恋」の性質の中には征服欲がある。これは男の側には特に強いもので、男は猛烈にファイトを燃やして恋する女を獲得することに熱中するが、一たん獲物を手中におさめると、実にあっけないほど、獲物への興味を失ってしまう。それは赤ん坊が這《は》い這いしながらみつけたものに猛烈に突進し、一たん手にしてしまうとポイとすててかえりみないのと同じようなものだ。

女は、たいてい男が自分を獲得するまでに示した熱情や誠意や讃美《さんび》や、時には泪《なみだ》を大切に胸の底におさめ、それを反芻《はんすう》することによって生きているようなものだ。

男は、現在進行中の恋人の手紙を友だちに見せひけらかすようなことはしても、昔の女の恋文などは決して見せないし、第一、手許《てもと》にとっておいたりはしない。ところが女は、よく過去の男の恋文を見せたがる。

幸福な人妻が、恋愛時代の夫の恋文をしきりに見せたがるのに私は何度出あったかしれない。そういう過去の甘い想い出に頑強《がんきょう》にしがみついて、女は現実の男の心変わりを断乎《だんこ》として認めまいとする。

吉行淳之介《よしゆきじゅんのすけ》*1さんの文章の中に、今、こういうのを見出した。

「大部分の女性にとって、無意識の領域を探ることははなはだにが手のようである。ことによると女性には意識下の世界というものが客観的にも存在しないのではないかとさえおもえることがある」

まったくその通りで、大がいの女は、物事を形而上的に考えることが苦手である。だからこそ、自分にとっては理由のわからない男の心変わりがどうしても納得出来ない。

なぜならば、自分は、相手がかつて熱愛してくれたままの自分であり、少々、歳月に皮膚や顔の構造は古びてきていても、目も鼻も口もあの頃のものであり、胸も手足もあの時のものである。何よりも心が、あの時のままである。いや心というより愛そのものが、熱烈にこまやかになりこそすれ、衰えてなんぞいはしない。彼があれほどの熱意をこめて膝まずき、泪を流して求めた自分である――という、形而《けいじ》下《か》のことしか考えつかない。熱心に考えれば考えるほど、かつて彼から受けた、ささいな愛の証《あかし》しばかりがつぎつぎ思い出されてくるのである。

こういう時、女は自分では気づかず、一途に深情けぶりを発揮してしまう。

悪女の深情けとか醜女の深情けとかいうことばは、もちろん、男のつけたことばで、男のやりきれなさの気持の表現である。

悪女も醜女も、この場合文字通りに、受けとるべきではないだろう。善女も美女も、男にとって、女の情が深情けと感じられるとたん、悪女、醜女の面《めん》をつけてしまうのである。

深情けの女はすべてやさしい心情の持主の筈《はず》である。

やさしい女を嫌いな人間、いや男がいるであろうか。やさしさはまぎれもない美徳の一つである。それなのに、やさしさから生まれる深情けが、必ずしも男にとっては女の美徳になり得ないところに、永遠の男女のズレがあり、悲劇がおこる。

心をこめた愛の押しつけ

恋のはじめは、女も本能的に相手の心をひきよせるテクニックを心得ていて、無意識に自分を謎めいてみせようとするし、情けも小出しにする技術を心得ている。

ところが一たん、男にすべてを許してしまうと、その瞬間から、女は男に秘密をなくし、自分のすべてをあけわたしてしまう。正直で、ナイーブで、やさしい女ほど、その度が強くあらわれる。本当にベールが必要なのは、この時からだということをほとんどの女は気づかない。

家庭的な女ということばも、また、男にとっては永遠の郷愁である。けれども、大方の男は家庭的な女を得てみると、きまって、非家庭的な、コケティッシュで奔《ほん》放《ぽう》な女と浮気のひとつもしてみたくなる。素直な女ほど、男のために家庭的であろうと努力する。味噌汁もつくるし、ぬか味噌もつけるし、梅酒もつくる。

日本の女ほど男につくす女はいないといわれているけれども、永い間の習慣がまだ日本の女の血の中にはのこっていて、男はたてのものを横にもしないのが男らしいという考え方がある。

靴下からネクタイまで毎朝選び、着ればいいように夫のそばに出しておく。もっと徹底しているのは、ネクタイまで結んでやる。靴下をはかせてやる妻だってある。女に足の爪をきらせてのうのうとする男なんて、何ていやらしい奴《やつ》だろうと思うけれど、女は案外それをさせられたがっているのである。

生活能力のある男は、こういう献身的な女の深情けをはじめは都合よく感じていても、次第に鼻についてきてうるさくなるものだ。そこでバーなどで、気があるのかないのか、まったく打算的だけの甘えかわからないような娼婦《しょうふ》的な女の子なんかに魅力を感じていく。

日本の女ほど、愛のためには自分を卑《いや》しめ、自分を犠牲にすることを何とも思わない女はいないのではないだろうか。

いつでも全身で献身的に男につくしている女が裏切られた場合、怒るより先にそういう女は自分を反省してしまうのだ。

どこが男の気にいらなくなったのかと思い、いっそう、彼につくすこと、彼に愛情をふりそそぐことに精を出す。それが愛情の押しつけになっていることには気づかない。

心をこめてつくった料理を男がたべのこしでもしようものなら、

「これ、どこがまずかったの？　あなたの好きなものでしょ？　今日のはどこか悪かった？　気分でも悪いの？　お薬は何をのむ？」

と、自分の納得するまで問いつめないでは気がすまない。そうされればされるほど、男はうるさく、息苦しくなるのがわからないのである。

よく、夫がもちだした離婚話をどうしても受けつけない妻をみかける。夫の心が離れきっているのを知っていても、あれは夫があの女にだまされているからで、いつかはあの女に捨てられるから、その時こそ、自分が待っていてやらねばなどと、一見、筋の通ったようなこともいう。

これくらい男にとっては迷惑な深情けはないのである。

私自身、どっちかといえば深情け型なのでよくわかるのだけれど、こういう女の押しつけがましい深情けは、決して男を男らしくさせないものである。本当に男らしい男は、こういう深情けにうるささを感じるし、女性的で弱い男は、こういう女の深情けに足をすくわれ、溺《おぼ》れきってしまって、世間から脱落する。

夫の心が離れるとき

それにまた、一見いかにも献身的で犠牲的に見える深情け型の女は、はたして、他をそんなに愛しているのだろうか。

本当はそういう女の無意識下の世界にわけいってみれば、案外猛烈な自己愛だけが、とぐろをまいているのではないだろうか。自分のいとしいものに尽すということは美しく貴くみえるけれども、それが女にとってはそのまま歓《よろこ》びになるのだから、献身も犠牲も、自分の幸福のためなのである。

深情けの女にかぎって嫉妬深いのもそのためで、つまり、相手そのものが惜しいのではなく、相手にそそぎこんだ自分の愛情、自分の親切、自分の努力が、惜しいのである。

それは、若い女に大金をそそぐほど、その女と別れようとしない老人と同じような心理なのではあるまいか。だからこそ、自分の愛情をたてにとって、別れまいとする。

本当に愛情の深い女、本当に犠牲的な女ならば、相手の立場を考えて、自分の愛がどれほど報われなくても、自分の方が身をひいてしまう。

室生犀星《むろうさいせい》氏＊2の『かげろうの日記遺文』に荻野という室生氏の理想の女性が創り出されているが、その女は、男の身辺の平和を想って、愛のあるまま、ある日、ひそかにひとり行方をくらまして消えていくのである。

こういう女の行為こそ、本当の意味の情の深さであり、男は永遠にその女の俤《おもかげ》を忘れることが出来ないであろう。

「深情け」と男に厭《いと》われる女の愛情の押し売りの中には、こういう意味の本当の犠牲はない。

自己愛の変形と、自己満足が、深情けの押しつけがましさになって、男をヘキエキさせるのである。

深情けの女は案外セックスでもひとりよがりが多い。

男が多淫《たいん》だからという言いわけを自他につけて、自分の多淫さは認めようとしない。

男の愛情の証しはセックスでしか認めることが出来ないのも、深情け型に多いから奇妙でもある。

ある男が、ある芸術家の女性と熱烈な恋におち、家庭をこわしてまでいっしょになったところ、女がたちまち、自分の芸術までほっぽりだして、朝から晩まで男に奉仕したがる深情け型に変貌《へんぼう》してしまった。

すると、男には恋愛のとき彼女の上にみていた、妻とまったくちがったイメージ、仕事を持ち、自分を持ったインテリ女性としてのイメージが跡かたもなく消えはて、世帯やつれして、厭気《いやけ》がさしていた別れた妻の俤が、次第に新しい女の上にはりついてきて、恋心がさめはててしまった。

女の愛の押し売り、嫉妬、束縛、ぐちのすべてがいつのまにか別れた妻とそっくりになっていたという事件があった。

男の覚めてきた恋が、女にはまったく理解も察知も出来ず、仕事を捨てた自分の愛の犠牲の強さだけを、今でもうっとりと宣伝している。

厭われる愛の崩壊

愛する男のために、捨てられるような女の仕事は、仕事といえるほどのものではないのである。男は、決して愛のために仕事を捨てたりはしない。

男に対して深情けを押しつける女は、子供に対しても母性愛の名によって、深情けを押しつけたがる。

そうしておいて、あとでこれだけつくしてやったのに、あの子は嫁をもらうと私を邪けんにするとか言って、姑根性《しゅうとめこんじょう》で怒りだすのである。

深情けの女の愛情には、いつでも、金で換算した方がわかり易いような打算がからまっている。

彼女のぐちは、これだけの自分の愛に相手が相応に答えてくれないということだけである。

決して彼女は、可愛《かわい》い女でもやさしい女でもないのである。

自分の愛イコール自己愛しかないくせに、自分ほど、欲の薄い者はないと錯覚しているにすぎない。

世間の夫が、他人の目からみれば、あれほどつくすいい奥さんを捨てて、何であんなあばずれ女にひっかかったかといわれるようなことをしでかすかげには、いつでも、こういう秘密がかくされているのではないだろうか。

悪女のレッテルをはられるような女に、本当の悪女なんていはしないのである。

本当の悪女が、虫も殺さぬやさしい顔をして貞淑そうに見せているのといい対照に、本当の愛情の深い女というものは、決して、世間に自分の愛情深さを誇示したがったり、相手の男に、自分の愛の量をはからせたがったりはしないものである。

空気の存在を忘れるように、愛そのものの形を忘れさせてくれて、空気のような軽さと透明さでつつんでくれることこそが、男にとっても、また女にとってもほんとうに欲しい愛の相ではないだろうか。

多くの母親が、報いられることのない子への愛を自分でもそうと気づかないほどの大きさでふりそそぐように、本当の女の愛は、幸福な時、自分の愛の重さや量について考えるものではない。

女が自分の深情けぶりと、相手の薄情ぶりをはかりにかけ、首をかしげる時は、すでにその愛は何らかの意味で崩壊のきざしが見えてきた時である。男の愛が意識下の世界に根をおろしているのに、女の愛があくまで現実的な現象的なことでしか感得《かんとく》出来ないという宿命のつづくかぎり、深情けの女にからみつかれる男の有難迷《ありがためい》惑《わく》さは、消えないであろうし、可憐《かれん》な少女が、深情けの鬼婆に変貌し得る女の悲劇もあとをたたないであろう。

その上、一夫一婦制という不自然で、きゅうくつな規則が、世間のモラルとして、通用しているかぎり、妻が深情けの悪女になる可能性は、ますます強いといわなければならない。

与えよ、そして需《もと》むるなかれ。

こんな神さまのような心になり得たら、愛は光り輝くだろうけれど、そんな心の女は、男にとっては、気味が悪くなるだけではないだろうか。結局、ほどほどの情けというものは、与えよ、而《しこう》して奪わん、といった正直な態度に存在するので、やたらに与えてみせたがるのは、男女ともに、眉つばの深情けと警戒した方がよさそうである。

＊1　【吉行淳之介】小説家。『驟雨《しゅうう》』で芥川賞を受賞。一九二四年〜一九九四年。

＊2　【室生犀星】詩人・小説家。『愛の詩集』などを発表。一八八九年〜一九六二年。

奪う心理、奪われる心理

〝女はいつでも「優しい夫」という理想像を心に描きながらも、男が態度であまり優しさを示すとかえって軽蔑の心をおこすものである〟

軽蔑の心にあるもの

ちかごろの若い夫婦の間では、夫が台所でオムレツをつくったり、お皿を洗ったりするのは珍しいことではなくなった。共稼ぎの夫婦などは、炊事当番は妻と夫が交替でうけもっていたりするくらいである。

デパートの食料品売場では肉を買っている男や、西洋野菜を選んでいる男をしばしば見かけることもある。そういう夫を持つ妻は、

「うちの人は、優しいし、まめなんです。ああいうことをするのが好きなのよ」

と、得意そうにいう。

「まあ、いいわねえ、羨《うらや》ましいわ。うちの亭主ときたら、亭主関白で、わざわざ大声で台所にいる私を呼びつけて、何かと思えば、すぐ側《そば》にある新聞をとってくれというんでしょ。たいてい頭に来ちゃいますよ」

と女客は羨ましそうな声を出す。けれどもそういう女客は、家へ帰って、縦の物を横にもしない夫に、あれを持って来い、これを持って来いといわれながら、今日訪れた友人の家の優しい夫のことを思いだし、あなたのような横暴な夫はいないわよとは決して話さないだろう。彼女は遊びに来たもう一人の女友だちにむかって早速つげる。

「××さんの御主人って、女みたいな方よ。お炊事もするし、奥さんのパンティまで洗ってくれるんですって」

「へえ、いいわね。でも、あたしはいやだわそんなの、気持が悪いわ。男は男らしくしてくれてなきゃあ」

「そうねえ、男が家庭的になるっていうのもほどほどだわね」

女というものは、いつでも「優しい夫」という理想像を心に描きながらも、その優しさはあくまで心の問題で、男が態度であんまり優しさを示すとかえって軽蔑の心をおこすようである。男から大切に扱われることに馴《な》れて育っている西洋の女たちは、当然として受けいれる男の具体的な優しさに、日本の女は、とまどってしまう方が多い。日本の若い娘たちが、外国人といえばたちまち、ぼうっとなって、とんでもない目にあわされてしまうまで、身をのめりこませるのも、男の具体的な優しさに馴れていないかららしい。

私の友人に、大そう優しい夫と何年か幸福な結婚生活を送ったあと、突然その優しい夫をふりすてて、別の男と再婚した女がいる。日頃、彼女から夫の優しさをいやというほど聞かされていた私たちは、ことの次第に愕《おどろ》かされ、あっけにとられてしまった。

彼女は私にうちあけていった。

女の中の女の心理

「前の人は、それは優しい夫だったのよ。私がしてほしいと心に思うことは、何でも口に出す前に見ぬいてくれて、さっと与えてくれるの。痒《かゆ》いところに手がとどくっていうことばがあるでしょう。これは女の人によく使われることばだけれど、私の前の夫は全くそういう神経の持主だったわ。いっしょにいた間、あたしは不平らしいことは一言もいう必要を感じなかったし、ただ、したい放題にふるまって、何の不自由もなかった。ところが、ある時、気がついたら、あたしは自分が女でないような気がしたし、夫が男でないような気がしてきたの、女らしい女というものは、相手の男をより男らしい男にしたてる女のことをいうのではないかしら。あたしが本当に男性的で活動的な女だったらそれでよかったのかもしれないけれど、あたしは、自分に女らしさを望む女のタイプだったから、やっぱり考えこんでしまったわ。いいかえれば男らしい男というのは、相手の女を否応《いやおう》なく女らしい女にする男のこともいえるでしょう。互いの中から、真の男らしさ女らしさをひきだせるのが、男であり女であるのではないかしら。そんな時、今の夫と識《し》りあったんです。

　今の夫は、自分本位で我ままで、横暴で、神経が太くて、いっしょにいると、実にいらいらさせられるし、かっかと腹をたたせられるんです。でも彼といると、私は自分の中から、女が滲《にじ》みだしてくるような気がして、丁度別れた夫があたしに示してくれたような痒いところに手のとどく心づかいを今の夫にせずにいられなくなるんです。そして、この方があたしは自分に安定感を得て、何だか居心地がいいんです。ええ、今の夫があんまり我ままで思いやりがなくて情けない想いをさせられる時は、前の夫をしみじみなつかしく思いだしますわ。でも、また前の夫と暮したいとは決して思わないんです。理由？　やっぱり私は女でありたいし、男らしい男と暮したいんですもの」

　優しい家庭的な夫というものは、優しい家庭的な妻と同様、一時間でも早くわが家に帰りついて、家族の中に身をくつろがせることを無上の喜びと愉《たの》しみに感じる。家庭が居心地がいいのであって、家族との談笑の中に生き甲斐《がい》を認めている。家族が少しでも快適にすごせるために、始終、家庭の暖冷房の装置を研究しているし、戸締りに気をつけているし、四季の庭木や草花が目を愉しませてくれるように考えてもいる。新しいレコードの出たことにも注意しているし、家族といっしょに見るテレビ番組にも、そこに出てくるタレントの名前にも通じている。妻や娘や息子たちがとりかわす、談話のきれっぱしを耳に入れただけで彼等が何を笑い、何に憤慨しているか即座に納得出来る。しかし、これだけ家庭に心や神経や愛を奪われている男が、社会に出て、有能な男として活躍出来るだろうか。

彼は、職場の同僚が目の色変えて昇進に神経をすりへらしているのを見て、或《あ》るいは後輩が、あっという間に自分の地位を追いこすのを見て、無関心ではいられないけれど、そんな時も和《なご》やかな家庭の団欒《だんらん》を思い浮べると「命あっての物種だ。家中で病人一人ないわが家に何の文句があるだろう」

と、自分の不安や不快をなだめてしまう。

男らしい男が決して片時も忘れることのない社会的な競争心というものが、彼の中では次第に影を弱め、本当の幸福とは家庭の中にだけあるような気がしてしまう。家族が仲よく貧しく名もなくとも健康に暮らすことが、この世の幸福だと思う。

私は、訪ねて来た女友だちの本当の訪問の目的を訊《き》くのを忘れていた。彼女はようやく本題に入った。

「今度の夫は、本当に頼もしくて、ばりばり仕事をするし、働きもいいんだけれど、私以外の女たちにも女らしい気持をおこさせる名人で、女出入が絶えないのよ。その苦しさったら、何度繰り返しても馴れることが出来ないわ」

ため息をつき、急に五つも老けてみえてきた友人を見て、私にもため息がのりうつるようであった。

対等に愛し合う自信

〝年上の女を選ぶ男は男らしい頼もしい男か寄生虫的な卑劣な男か、その両極端である。はじめから気にする男は年上の女を持つ資格のないくだらない男だ〞

男と女の年齢差

ある雑誌で、《もしも未亡人になったら》という仮定のもとに、現在、自他ともに幸福で円満な家庭を営んでいる著名な主婦に手記をかかせるという、ユーモラスな企画をしていた。

そのなかに選ばれた幸福な主婦のうちで、年上の姉女房が多かったのに気づいた。佐藤愛子さんであり、牧羊子《まきようこ》＊1さんである。その他、ちょっと思い浮かぶだけをあげても、世紀の恋のシンプソン夫人[*2]、高峰秀子[*3]さん、越路吹雪《こしじふぶき》さん、南田洋子さん、北原三枝[*4]さん、高千穂《たかちほ》ひづる[*5]さん、（もっと他の分野の人もあったらさがして下さい）ｅｔｃ……。

　意外に、年上の女と年下の男の結びつきが円満に幸福につづいていることの多いのに気づかされる。そして、これらの人びとが、文化的な仕事をしているにしても、芸能人にしても、いわゆる仕事を持った女たちが多いのも意外である。

　世間に名を知られていない無数の年上の女もいることだろう。けれども、とにかく世間に名を知られるような仕事をする女に、年上の女が多く目立つというのも、面白い現象である。

　仕事を持っていたから、いわゆる適当な年上の男とつきあうチャンスもなく、ついつい婚期を逸《いっ》して、気がついたら、年下の男しかいなかったという場合もあるだろうし、仕事を持っていたから、年齢など忘れてしまって、恋をしてしまった後で聞いてみたら、相手がはるかに年下だったというような場合もあるだろう。

　いずれにしても、年上の女が、年下の男を愛するようになるのは、その九十九パーセントが恋愛の上になりたつもので、常識的なお見合とか、人のひきあわせでは、はじめから年上の女を選ぶというようなことは、まあ、あり得ない。

いったい男より女の方が年下の方が、カップルとして自然だし、適当だと考えられてきた伝統の根拠は何なのだろう。

男の方が平均四、五歳、女より短命なのは、ある統計によって発表されているが、大体、昔から、おじいさんよりおばあさんの方が長生きをするようである。だから、四、五歳、年上の女と一緒になった方が、ほぼ同じ頃に死ねるわけで、ちょうどよいはずである。

『源氏物語』などをみても、男と女の結びつきは、年などあまりかまっていなかったようだ。

封建時代に入って、女が男の私有財産の一つのようになって、結婚が政略的になって以来、年下の女をほとんど売買するように、やりとりしたことから、男と女の年齢の差が、男が年上の方が自然にみえるようになったのかもしれない。恋に貴賎《きせん》のへだてがない以上に、恋に年齢などはないのではないか。

初婚は年下の女として、世間普通の感覚の上で自然な結婚をしたのがうまくいかず、離婚後の恋や、再婚で年上の女になって以来、すっかりうまくおさまっているという例が、意外に多い。

ひと昔前は、妻が年上の場合は、妻自身も夫も、世間に何だか恥かしい思いをして、本当の年をかくしたがったりしたものだけれど、戦後、年上の女が、平気でそのことを公表するようになったのは、いい傾向ではないだろうか。

年上の女の効能

昔、女子大の寮にいた頃、たまたま、男女の年齢の差の理想論について論じあったことがある。その時、ほとんどの女子大生が、世間の通念通り、男の方が、四、五歳か、なかには、九歳か十歳でも年上がいいという考えだった。彼女たちの言い分は、

「年上の男の方が、頼もしくて、何でも教えてもらえるし、社会的にも安定してい

て、経済力もあっていい」

というこことだった。

その時、同席していたアメリカの二世の女子学生たちが、口を揃えて、私たちの考え方を不審だと言った。彼女たちは揃って、同年もしくは、男が一つ二つあるいはもっと年下がいい、というのである。

その理由は、

「ゼネレーションの違いがあると、物の考え方、感じ方、人生観、すべて違ってくる。四つ五つの違いでも、ずいぶん違うだろう。同じ物に、同じように感動し、同じ時代の出来事に、共通の感銘や記憶を持つことは、生きていく上で何より大切なことだと思う。それから人生とは、二人で築いていくものだと信じる。だから、はじめは力のない二人が、力をあわせて、無から有を築くことにこそ、二人で生きる意義も愉しさもあるのではないか。はじめからすでに男がすべてを持っているような年上の完成した人間なら、女は、二人で築く喜びも得られないし、それだけに、愛情のきずなも、弱いように思う。断然、同じゼネレーションがいい。

それに男は、女よりどうみても頭がいいから、年下でも、結構、年上の女と対等に話ができるし、頼りにもなる。もっと大切なのは、子供を産んだ場合、年上の男だと、子供が成長した時、もうおじいさんになってしまってこんな心細いことはない。子供の父は、年下の男で、いつまでも若々しくあってほしい」

というのであった。

開拓精神のアメリカ人らしい考え方で、私たちはなるほど、と感心したのを覚えている。

日本の女には、はじめから男には頼るものという考え方が基本にある。けれども、事実、年々歳々、男の実力が低下している現実の上にたって、いつまでも男に頼ることばかり考えている女は時代おくれになるし、とりのこされるのではないだろうか。

昔から下世話《げせわ》に、「一つ姉は金《かね》のわらじをはいても探せ」という諺《ことわざ》がある。昔の人の知恵で、年上の女のよさをいっているのだろう。

年上の女というと、いかにも母性愛の典型のような女を空想しがちだけれど、それはあんまり単純な考えである。「年上の女」なる女が、必ずしも母性的でないばかりでなく、むしろ、年齢より無邪気な可愛い女が多いことに気づかされる。

ということは、年上の女と愛しあう年下の男が、必ずしも「可愛がられ型」ではなく、むしろ、年齢よりませた、男らしい男の場合が多いということにもなる。甘え型は、意外に年下の男には少ないタイプである。

年上の女と、世間体など気にせず、あるいは年上の女の当然持つ社会的地位や財力に気おくれせず、堂々と対等に愛し合う自信を持つということは、まだ今の日本の社会では、いくぶん男のがわに勇気のいることである。

ところが案外、年上の女には、むしろ、男にリードされたがる性質が多く、無意識のうちに、男を立てていることになる。うまくいく例は、そこのところのかねあいで、ざっと見まわしてみても、年上の女をもつ年下の男は、結構ひとくせある、ひとかどの人物であることが多い。

年上の女だから、年齢に対するコンプレックスがあるだろうと思うのも、これもかんぐりにすぎなく、「年上の女」になるような女は、気持の上で年齢より若く、精神は瑞々《みずみず》しいので、たいして年を気にしていない。

はじめから、女の年上のことを気にするような男は、「年上の女」を持つ資格のないくだらない男なのである。

年上の女の効能は、無邪気であろうと、素直であろうと、やはり、いざという時は、対等に話し合えるという点である。

生理的な凋落《ちょうらく》の自覚

人生二度結婚説をとなえた林髞《たかし》*6氏は、「男は最初、年上の女と結婚し、性の技巧もおそわり、彼女の財産をそっくりもらい、年上の女が死んでしまってから、今度は年下の女と結婚し、もう一度人生をやりなおせばいい」と言われた。

この場合の年上の女は、男を一人前にするための踏み台のようなもので、この女は、これまでの年上の女のコンプレックスをすべて持った哀れな女になりかねない。

年上の女が、自分と男との年齢を気にしないような、楽天的で、ある程度、無頓《むとん》着《ちゃく》な女ならうまくいくけれど、いつでも自分と男の差を気にするかぎり、不幸におそわれる。

たとえば、女の三十代と男の二十代はさほど年齢の差が気にならないが、女の四十代と男の三十代は、がぜん年齢の差が意味を持ってくる。男の三十代はまだ若々しく、女の四十代はすでに人生の坂道をのぼりつめ、あとはだらだら下り坂が見えているだけである。

さらに、女の五十代に、もう新しい恋の可能性はのぞめないのに、男の四十代は二十代の娘との恋も可能である。否むしろ、男の恋の本当のアバンチュールは、地位も名も金もそろった四十代からはじまるといっていい。

年上の女を、思いきって恋人や妻にするほどの男は、あらゆる点で女に魅力的な要素を持っているとみなしていい。

年上の女が、生理的な自分の凋落を自覚しはじめ、それと反比例して、相手の男の精神的、肉体的充実に気づいた時、よほどの覚悟と聡明さがないかぎり、年上の女は惨《みじ》めさからぬけ出すことができない。

恋のはじめ、「今はいいけれど、十年先、二十年先を考えてごらんなさい」といわれた周囲の忠告がはじめて意味を持って思いだされてくる。

金を出しても買うことのできない若さに、急に猛烈な嫉妬がわいてくる。

女は急に、おしゃれに気をつけはじめる。

少なくとも年下の男の心を、若い娘たちをさしおいてとらえることのできた年上の女は、当時は十分魅力的であったはずである。

急に美容院通いの度がふえたり、高価な化粧品を買いこんだり、若々しいデザインの服をつくってみたり……見苦しい焦りに捕えられる。凋落しはじめた肉体の上にどうしても昔の魅力を再現しようとする。ひそかに皺《しわ》をとる手術や、おちくぼんだ目《ま》ぶたに肉を入れる手術までしようとする。

それらの空しい試みやあがきに捕えられる時、年上の女のみじめさがきわまってしまう。結婚と同時に、あるいは間もなく、仕事から離れ、男に尽すことだけに熱中した女ほど、年上の女としての肉体的凋落に見舞われる度が速い。

何気《なにげ》なくいった男の、若い女への肉体的礼賛や、自分の老け方に対する心安《こころやす》だての軽い冗談を、執念深く覚えていて忘れようとしない。そうなると、年下の男を選んだことに対する後悔だけしか残って来ない。

本当に年上の女としての魅力を持ちつづけた女たちを考えてみると、彼女たちはきまって、自分の仕事を捨てはしない。

恋より仕事を大切にするかぎり、年上の女の精神的若さは失われることがなく、肉体的若さに打ちかって、心の瑞々しさが、いつまでも女の魅力の輝きを弱めなくなるのである。

恋の執念に生きる

岡本かの子*7は、夫一平のほかに、何人か、若い年下の恋人を死ぬまでそばに惹きつけておいた。三浦環《たまき》*8も五十歳をこえてから三十も年下の若い男を恋人として、死ぬまで傍《かたわら》から離さなかった。二人とも、男の未来の可能性を根こそぎにして、自分のそばに惹きつけ、自分との恋に殉《じゅん》じさせた。

怖《おそろ》しい自信であり、凄《すさま》じい自己愛である。

かの子も環も、男たちの未来を自分が奪いとったことに対する憐憫《れんびん》の気持は持ってはいたが、それ以上に、自分の恋の成就に対する執念の方が強かった。恋のために、二人とも、いささかも自分を犠牲にしはしなかった。仕事もやめはしなかった。むしろ、自分の仕事をより豊かにするために、若い男のエネルギーと、肉体的慰めと、奉仕と献身を必要とした。

環は死ぬまぎわになってようやく、まだ三十をこえたばかりの男に、若い女と結婚させようとするそぶりをみせたけれど、それは、あくまで男の心をたしかめるための手段であって、本気でそれを実行する気持は持っていなかった。

かの子は、死ぬまでそんなことは考えもしなかった。自分に必要な相手は、相手のおもわくなど考えることもなく、自分に引きつけておいた。その強烈な自我と我欲に、男たちは、磁石に吸いつけられる鉄屑《てつくず》のような無抵抗さで吸いつけられてしまうのである。

かの子も、環も、五十、六十をこえた死の直前まで女としての生理は、とどこおらなかった。肉体的にも年齢をこえた若さを持っていたのである。

彼女たちの恋人の打ちあけ話を聞くと、死ぬまでセックスの欲望もおとろえなかったという。

さらに彼等は、

「あんな女らしい、そして可愛い女は、その前にも、後にも、二人とみたことがありません。女の蜜《みつ》をたっぷりと持って生れた稀有《けう》な女でした」といっている。

仕事をする女は、えてして、女らしさを忘れるほど、仕事に精気を吸いとられがちだが、彼女たちは、仕事をすればするほど、自分の中の女を大切にした。そして二人とも恋人にみとられ、恋人の腕の中で死んでいっている。

「年上の女」が、男との年齢の差が多いほど約束される最後の幸福は、男より早く、男にみとられ先に死んでゆけるということである。

後に残される淋しさとか、空虚とかを、味わわなくてすむということは、女にとっては何と幸せなことだろう。

自分の死んだ後で、男がほっとしようが伸び伸びしようが、あるいは何か月も泣いてくれようが、それはもう、どっちでもいいことである。

かの子や環の例をみても、年上の女としての立場を一度人生の途上で選びとった以上は、死ぬまで、年上の女の矜持《きょうじ》を忘れないことが、その立場を完了する一番いい方法である。

恋のはじめ、年齢の差など気にしなかったことを死ぬまで貫き通せばいいのである。

あくまで男を追う立場に立ってはならない。執着があっても、いざという時は、去る者は追わずの覚悟をつけ、むしろ新しい恋への夢を捨てないで、男に追わせる立場をとらないかぎり、年上の女は不安と焦燥のとりこになってしまう。

年上の女とともに生活しようとする男は、よほどの男らしい頼もしい男か、でなければ、まったく寄生虫的なヒモ的な卑劣な男か、その両極端であることを考えてみることである。そして、前者がいつでも、後者に「変り得る」人間の弱さをも、あわせて忘れないことである。

年上の女が、自分を惨めにしてまで年下の男を追う立場になった時、客観的に見れば、相手の男は、むしろ前者から後者に変質していることが多いのは、人生の皮肉であり、悲しさである。

＊1【牧羊子】詩人・随筆家。『コルシカの薔薇』、『人生受難詩集』など、理知的で風刺に富んだ詩を発表した。一九二三年～二〇〇〇年。
＊2【シンプソン夫人】故ウィンザー公（エドワード8世）の妻。一九三六年エドワードは国王として即位したが、彼女との結婚を望んで退位し、ウィンザー公となり、翌一九三七年に結婚。世紀の恋として注目を集めた。
＊3【高峰秀子】女優・文筆家。『二十四の瞳』など300本を超える作品に出演。文筆家としても高い評価を受けている。一九二四年～二〇一〇年。
＊4【北原三枝】女優。現在は石原まき子という名。石原裕次郎の妻。一九三三年生まれ。
＊5【高千穂ひづる】女優。『ゼロの焦点』などに出演。結婚後は実業家に転身。
＊6【林髞】大脳生理学者、小説家である木々《きぎ》高太郎《たかたろう》の本名。一八九七年～一九六九年。
＊7【岡本かの子】歌人、小説家。『かろきねたみ』『老妓抄』『生々流転』などを発表。漫画家岡本一平の妻。一八八九年～一九三九年。
＊8【三浦環】ソプラノ歌手。ロンドンで、オペラ『蝶々夫人』に主演して成功し、以後オペラ歌手として国際的に活躍した。一八八四年～一九四六年。

自分のかくれた欲望

〝妻は、夫という鏡が曇ってきて、自分の姿がぼんやりしか映らなくなったとき、もっと精巧な、曇りのない、自惚《うぬぼ》れ鏡がほしくなる〟

自分への夢とイメージ

女の貞操《ていそう》が生命より大切だと信じこまされていた頃は、たとい未亡人でも、再婚したら、何となくふしだらなような目でみられ、非難がましく世間はみつめたものだ。

妻が恋をするなど、もってのほかで、たとい、男からいいよられたとしても、そういうすきをみせたことで、その妻は非難がましい目でみられなければならなかった。

けれども、そんな時代でも、ある種の妻たちはやっぱりやむにやまれない恋をしたし、打ち首、はりつけ、さらしものになっても、恋に殉じた。そして非難しながら、世間は彼女たちの恋の激しさに内心感動し、羨み、憧れ、それを後世に語りついだ。

人間の愛などというものが、そもそも不確かなもので、心は移ろいやすいものである以上、一人の男や女が、一生にただ一人の相手しか愛さないなどという方が、むしろ奇蹟《きせき》的で、そういう心の方が、何か欠けているのかもしれないのである。

人間が人間を理解しきるなどということは不可能に近い難事業だ。男は社会に投げだされ、命がけの仕事の場で、それをいやでも知らされている。

女は幸福な生いたちの無傷の心を持った女ほど、生きるということは人を愛することであり、愛されることであり、愛するというのは相手を理解し、理解されることであると信じている。

女の幸福は、一人でも多くの人間が自分を理解してくれたと思うことだ。自分でも気づかない自分の「好《よ》さ」というものに女は本能的に憧れていて、それを指摘してくれる他人があらわれると、まるで神の啓示にあったような新鮮な感動を覚える。

おとなしいと思われている女は、自分のなかには悪魔的な野性がひそんでいるのだと思いたがっているし、バイタリティのかたまりのように思われている女は、本当は自分は男に支えられなければ生きていけない弱いしおらしい女だと夢みたがっている。

本当の女たらしは、外観にあらわれた女の感じと、およそ正反対の盲点や特徴をあげてやって、まず女の心をとらえてしまう。

娘時代というものは、女自身が混沌《こんとん》として、性格も定まらないかに見えるから、男たちが勝手にその娘の上にかける夢やイメージがそのまま、娘自身の本質のように、娘自身が思いたがる。

結婚して妻になったときから、女は一つの型にはめこまれる。その夫によって決められた型に入りこみながら、女は心のどこかで、自分への夢をすてきっていない。

男は相当馬鹿な男でも、自分を見る自分の目というものを持っているものだが

（つまり自分の意見というものを持っているが）、女は相当賢い女でも、男を鏡にしなければ自分というものが映し出せない。

妻が恋をするのは、夫という鏡が曇ってきて、自分の姿がぼんやりしか映らないときである。結婚生活に馴れ、つかれ、面倒くさくなって、鏡を拭くということをなげやりにしだす。それに、その鏡はいつでも変りばえのしない、一つの自分しか映してくれないのだ。そこで妻は、もっと精巧な、曇りのない、自惚れ鏡がほしくなる。

妻が恋をするときは、妻が自覚しているといないとにかかわらず、自分の生活の単調さにあきあきしているときだ。

夫が、不行跡《ふぎょうせき》で、生活能力がなく、子供が病身で、家のなかは火の車というようなとき、妻はむしろ、生活そのものに必死にいどんでいて、恋などうけいれる余地がない。

他人が聞いて、なるほどあんな夫なら妻が他の男に見かぎるのも当然だと思うようなケースはほとんどない。

たいていの場合、妻は他人の目には夫より劣る地位や身分や才能の男に誘惑されてしまう。妻は、ことに日本の妻は、姦通《かんつう》が極刑だった歴史が長いので、母や祖母の代からつづいている姦通恐怖症が血のなかに流れていて、姦通罪がなくなった今でも、そうそう自分から姦通にとびこみたがる性情は持っていない。

たいてい、心は姦通に憧れめざめていても、他からの積極的な誘惑の手がさしのべられないかぎり、それにふみきることは少ないようだ。

一瞬夢みる放恣《ほうし》な姿態

誘惑者は、夫はもう決して口にしなくなった妻の美点や、「他の女とのちがい」を、くりかえし聞かせてくれる。口にしないまでもまなざしで語ってくれる。

男と女の性愛がどういうものであるかを知っている女にとって、誘惑者のことばは、たとい精神的なことしか語らなくても、すべてベッドにつながって、妻の心にはおちこんでゆく。

おとなしい妻が、

「あなたは本当に情熱的な人なのだ、それをあなたの外見の優雅さがかくしているにすぎない」

と誘惑者に囁《ささや》かれたとする。

するとその妻は、ベッドのなかで自分がどのように情熱的に、放恣な姿態をとり得るかを一瞬夢みることができる。

夫に肉体的に需《もと》められることが大好きで、年中、妊娠におびえている妻が、あなたは精神的な珍しくプラトニックな心の人だと誘惑者に囁かれると、こんどは、いつでも肉欲の固まりみたいな夫の犠牲になって、子供ばかり産まされているような錯覚を覚え、ベッドのなかで兄妹のように躯《からだ》をあたためあう、清らかな関係を夢み、自分は七年でも十年でも空閨《くうけい》＊1が守れるような貞操堅固な女のように思いこんでしまう。

女というものは、世界中の男から恋をささやかれる可能性を心の奥深くで期待しているから、夫以外の男から言いよられることは決して不快ではないのだ。

もう、自分の何から何まで知りつくしてしまったような顔をして、髪型を変えようが、口紅の色を変えようが、気のつかない夫に、夫以外の男が自分の魅力にひきつけられているとしらせてやりたい欲望――それは、夫を愛している妻ほど強い感情だ。

ここまでは大丈夫、という安心と自信が妻にはある。男の愛撫《あいぶ》がすすんでくるのをちゃんと見きわめる冷静な目を自分が持っていると思うとき、妻は自分がたいそう大人になったような自信を持ち、欲望を制御できない誘惑者がたとい自分よりはるかに年上でも、まるでやんちゃな可愛らしい子供のように感じる。

そのとき、すでに誘惑者に第一の鍵《かぎ》を盗まれてしまったのに気づかない。

夫以外に男の肉体を知らない貞淑な妻ほど、はじめてふれる夫以外の男の肉欲の手つづきのちがいに好奇心をそそられる。男が自分の肉体のどこにいちばん魅力を感じるか、夫と比較して知りたくなる。

その扱いが乱暴であれ、丁寧であれ、少なくとも、夫の扱いと少しでも異なっていれば、妻はもっとそのちがいを知りたいという誘惑にうちかちがたい。

姦通のすべての理由は後になってつけられる。

妻が恋をするときは、哲学的理由や、情緒的理由がいくらでもでっちあげられるし、それを他にも自分にもくりかえしているうち、妻は本当にその理由を信じこんでしまう。

けれども姦通にふみきるときの妻の状態は、十人が十人同じもので、要するに好奇心に負けたのである。秘密を持つということが、単調な妻の生活に、精神の緊張を与える。

嘘をつくスリルと、秘密を保つためにめぐらす小細工や策略のためいつでも頭は、ぬけめなく廻転《かいてん》しはじめる。惰性で目をつぶっていても手順よく運べていた日常の家事が、ちょっとした秘密の時間の捻出のため、急に、いきいきと生彩を帯びてくる。

一つの小さなウソが、次のウソを生まなければならないし、そのウソのため、またもっと大きなウソをつかなければならない。女が一番いきいきと魅力的にみえるときは、ある目的のために、ウソをついて、必死に演技するときだろう。

そういう、スリルと、苦心のはてに得た秘密の時間が、どれほど濃密な色と匂《にお》いを持つものになるかは説明するのも野暮だろう。

そのとき、妻にとってはもう相手の男は問題でなく、事件そのものが生活なのであり、そこで必死に智慧《ちえ》をふりしぼり、姦通に溺れこむ自分自身がヒロインなのである。

たいていの場合、恋の相手の肉体などは、妻にとって期待外れのことが多い。本で読んだり、噂に聞くような異常な男にそうそう出くわすわけはない。

実際に精力にみちあふれた男は、面倒な手つづきをふんだり、危険をおかしたりして、人妻をくどくのに時間をかけるようなことはしないのだ。

人妻を満足させてくれるほど、人妻を姦通への誘惑にひきずりこむため、情熱的になってくれる男は、どっちかといえば、精神的プレイボーイで、人妻をものにするまでの過程を愉しんでいるのであり、ものにした女は他の多くの女同様、大して珍しくも美味しくもない女なのを知っている。

妻たちの深層心理

女の恋のなかで、人妻の姦通ほどスリリングで情熱的で、他人の目にも面白いものはないからこそ、古今東西、いつでも姦通小説は、ベストセラーになり得る可能性がいちばん強い。

『クレーヴの奥方』から『アドルフ』、『ボヴァリー夫人』、『アンナ・カレーニナ』、『赤と黒』、『源氏物語』、『美徳のよろめき』等々、時代を超え面白く、何度読みかえしてもそれにたえ得る小説というのは姦通小説なのがそれを説明している。

姦通小説が好まれ、よろめきテレビが圧倒的に受けるからといって、人妻がみんな姦通を望んでいるかといえば、およそ、反対である。

自分ができないからこそ、憧れるのであって、小説や映画の面白さというものは、自分に代ってヒロインが自分のかくれた欲望をみたしてくれるところにある。

その証拠に、ある婦人雑誌に私が人妻の姦通について書き、編集部がその題を「人妻に姦通をすすめる」としたところ、内容はおよそまっとうなもので、その題はあくまで反語的な皮肉なものなのに、カンカンになって私を攻撃する投書が編集部に山積した。そのなかに一通も、夫がおこって来たものはなかった。

残念ながら、世間の、殊に日本の妻たちは、まだまだ臆病で、誠実で、貞淑で、自分の安全な地位や名誉や、可愛い子供たちとひきかえに姦通の快楽をとろうとするような冒険心はない。

姦通罪がなくなったとはいえ、やはり姦通には罪の匂いがするし、世間は姦通した妻に寛大ではあり得ない。今でも姦通は、妻にとってはいわば生命がけの大事業である。それが魅力的に思えるのは、危険をともなうからで、身の破滅ともなりかねないスリルがあるからであろう。

けれどもそれも、女の貞操が唯一無二の最後の女の武器のように考えられ、信じこまされていた時代の名残りではないだろうか。

今はそれも徐々に変りつつあるようだ。

男女同権が、性の上でも平等に解放されたとき、女は、姦通に今ほど魅力を感じないだろう。

現に妻のなかの一部では、もうそこまで到達している人も少数はいて、彼女たちは、姦通を自分の現在の地位や、社会的名誉や子供たちと引きかえにはしないで、家庭を無傷にそっとしておいて、家庭の外で浮気の愉しみを味わうように、手ぎわよく愉しみはじめている。

男がとうの昔に精神的愛と、肉欲の使いわけをしているように、女もそれに近づこうとする考えができてきたようである。

ケッセルの『昼顔』のなかのヒロインのように、夫は夫として愛しながら、肉欲の対象としては、夫より身分のひくいたくましい男を、あいまい宿で客にとるというような心理が、あらゆる妻たちの深層心理のなかにかくされていないとはいいがたい。

性を重大視し、性が人生のなかで最大の関心事のように考える風潮は、マスコミのせん動のせいもあるけれども、それにのせられやすい女たちの浅薄さのあらわれで、今の人妻の多くは、自分から性の自縄自縛《じじょうじばく》にかかっているようなところもある。

夫の不貞が、感覚的に許せないといって、一度や二度の、あるいは、ある時期の夫の浮気以来夫との性の交渉を絶つというような、潔癖な妻はめったにいるものではない。

ある期間、思いだすたび、口惜しさと、不潔感に、泣いたり、わめいたりしても、いつのまにか夫を受けいれているし、男とはそんなものだというあきらめで、あきらめてしまっている。

女を美しくする秘薬

決して相手につけこまれない自信と、事をバラさない周到さと、万一バレたところで夫をがまんさせる自信があるならば、世のなかの妻のすべてが、夫以外の男を肉体的に知った方が、夫婦生活はかえってスムーズにいくのではないかと思う。

夫にとって何でもなくすぎる浮気は、妻にとっても、避妊の用意さえ、たしかだと、何でもなくすぎることなのである。

肉体の傷などが大したことのない証拠に、打ったりけったりの夫婦喧嘩などは、あっけないほどあっさり仲直りしている。

心にうけた傷の深さの執拗《しつよう》さ、怖しさを身にしみて知った者が、はじめて不幸なのであって、愛の場において、肉のしめる地位など、精神のそれにくらべたら、ものの数でないことがわかるだろう。

自分は、妻以外の女とさんざん寝ておきながら、妻が生涯自分ひとりを守りぬくのを望んでいる夫たちの勝手な願望は、永遠に男からはぬけないものだろうけれど、妻はもうそろそろ、その都合の悪い習慣からはみだすことを本能的に望んでいる。

よろめきテレビや、性についての婦人雑誌の付録が、主婦たちにうけているときは、世の夫たちはまだまだ安心して、自分の浮気にいそしんでいればいい。

妻たちがそういうものを見むきもしなくなるとき（必ず近い将来それはやってくるだろう）、妻たちは、上手に、手ぎわよく、姦通を楽しんでいることだろう。

姦通して、妻たちは、おそらく生々と今の妻より若くなり、会話にウィットがこもり、反応が敏感になり、そして今よりはるかに夫や子供にやさしくなるだろう。

危険と苦しみと、嫉妬と、秘密と、姦通につきもののそうした条件ほど女を美しくする秘薬はないのだから。

そのとき、妻たちは、今よりもっと生々とよみがえることだろう。ちょうど多情な夫たちがいかにも魅力的なのと同様に。

＊1 【空閨】相手がいないために、ひとり寂しく寝る寝室のこと。

女にかくされている叫び

〝男の性が画一《かくいつ》的で女のそれは千差万別である。それだけにいつの時代にも、女のドラマが際限なく生まれる〟

童貞と処女の結婚

先日、林髞《たかし》氏にお逢いした時、氏は、

「童貞と処女の結びつきくらい、肉体的につまらないものはない」

と断言された。

これは氏の提唱された結婚二重説（青年は第一結婚で、年上の経験者と結婚し、その女が死んだ後、年下の処女と結婚せよという説）から出た論旨だった。

私は笑いながらいった。

「実は、私、その童貞と処女の結婚だったのですが」

「ほう、それはまたお気の毒な……」

氏は実に同情にたえないといった目つきで、まじまじと私の顔をみられた。

私はその時の夫と、子供をのこして、結婚後五年目に家を出てしまった。法律上の離婚成立はずいぶん後のことになったが、事実上、私の結婚生活は五年しかなかったわけだ。

家を出る時、私には若い恋人ができていたので、私のまわりの世間では、夫より恋人の肉体に、私がひかれたのだろうと、うがったような批評をしていた。

ところが、その時の恋は、まったく精神的なものであった。私たちは肉体的に結びついてはいなかったのだ。

私に性の真の意味が、精神的にも肉体的にも会得《えとく》されたのは、離婚後何年かたってからである。

別れた夫も、その頃は、再婚の女性と新しい結婚をして、円満らしいという噂を聞いた。私は、自分の経験から、別れた夫も、今度の結婚で、はじめて真の性の意味を会得し、幸福になってくれたことだろうと、ひそかに祝福した。

嘘のような話だけれど、女二人姉妹の私は、結婚後も、夫が大病して下の世話をしなければならなくなるまで、成長した男のそれを、まともに見たことがなかった。けれどもコイトス（性交）ということについては、結婚前から、さまざまに空想していたし、そんな医学書をずい分読んだ。女子大に入った年の夏休みには、父の知人の道楽者の薬屋の主人から、ひそかに、会員制の秘密出版のそういう種類の本を大量に借りて来て乱読した。

天金《てんきん》で上質のビロードばりのそれらの本は、パリパリ音のする重い紙にブルーやサモンピンクや、濃緑の文字で印刷され、実に美しかった。印度《いんど》やアラビヤや支那《しな》の性典を、私はそんな華麗で豪華な本によってたいてい読んでしまった。

私はそれらを読みながら、時折悩ましい性の興奮を感じた。すると私はいっとき、それらの本をなげだし、仰むけにひっくりかえって、両手を頭の下にあてがい、目をつぶる。私はその頃すでに、オナニーが身体になんの害も及ぼさないことを、知識として識《し》っていた。けれども、私は自分にオナニーを禁じていた。自分で自分の体を汚すという行為が、自分に対して恥かしくていやだったのだ。

秘かに芽ばえた性意識

私の家は商家で、父は職人気質で子供には放任主義、母は子供にカンの虫がおきたら、お灸《きゅう》をすえれば退治できると信じている女であった。事実、私は「頭がよくなるために」悪いこともしないのに、時々背中にお灸をすえられた。

そんな父母だったので、性教育などは意識していなかったようだ。改めて性教育をされた覚えはない。ただもの心ついた頃から、「げさくなこと」をいったりしたりする「げさくな人間」になってはいけないと、始終聞かされていた。

私の生まれ育った徳島地方では、げさくなことというのは、野卑《やひ》な事物のすべてをさしていたが、直接には性的なことを意味した。ワイ談も性交も恋愛さえげさくなことであった。「下作」という字をあてるのだろうか。

町内に一人、「げさくな子」とかげで呼ばれる年上の女の子がいた。古道具屋の一人娘だった。子供たちは、親に叱られながら、その少女に支配されることに、なんともいえない快感を感じていたようだ。私たちはその少女の命令で、よく古道具屋の薄暗い納屋の中で「げさくな遊び」にうつつをぬかした。それはお医者さんごっこだったり、げいしゃさんごっこだったりした。

そのころ、私は幼稚園に上がる前だったので、数え年四、五歳のはずである。私はお医者さんごっこをみる誘惑には勝てなかったが、するのはいやだった。げさくなことすれば、およめにいけなくなるという母の口ぐせが、身にしみついていたのだろうか。私はがん強に患者にされるのを拒否しつづけた。そんな私は、仲間の誰よりも、ませていたのかもしれない。

その幼児期をすぎ、小学校に上がって童話をよみはじめるまで、私の性に関する記憶は空白のようだ。

童話、とくに外国の童話は、私に性的な興奮を与えた。雪の女王や、眠り姫やアラビアンナイトから、私は息苦しいほどの性的な圧迫を受けた。とくに、雪の女王の、氷の宮殿にとじこめられたまっ青な顔の少年を思う時、全身が悩ましさにうたれ、恍惚《こうこつ》とした。私は、そんな感情は決して人に語ってはならないと思い、無邪気をよそおっていた。学校の受持教師は、そんな私の読書好きを、文学的才能があるのだと勘ちがいして、わざわざ自宅から童話の本を持ってきてくれたりした。

小学三年になっていただろうか。私は六年生の一人の少年に片想《かたおも》いの恋をしていた。その少年を好きになっていらい、物語りの王子や少年は、いつでもその少年の俤《おもかげ》であり、王女や少女は、私じしんでなければならなかった。

少年の短いズボンの下からすっきりとのびた素足をみると、私は頭の中で少年に小公子の黒ビロードの服を着せ、うっとりとなった。少年が中学生になり、小倉《こくら》の不恰好《ぶかっこう》な長ズボンをはいたのをみたとたん、私の初恋は、狐《きつね》が落ちたような具合に、ころりとさめはててしまった。

やるせない快楽のめざめ

南国のせいか、六年のころはクラスにもう何人か初潮をみた人があった。私も卒業まぎわ、それがあった。母に教えられてはいなかったけれど、婦人雑誌をよんで、私はすでに、そのことについて知識はもっていた。

けれども、想像していたものは、目の覚めるような紅だったので、実際のものの不潔な色をみて、そんな色が、私一人の現象ではないかと、しばらく悩んでいた。母から、誰もがそうだといわれたが、かえって、それを疑い、自分の性的な劣等性ではないかとひがんだ。

あのことの報いではないかと悩まされた。

あのこと――いつのころからというたしかな記憶は薄れているのだけれど、かなり早くから、私はふとした機会に、自分の肉体の一部が、何か堅いものに圧迫されると、奇妙に甘美な恍惚感に、全身がひたされる経験をもっていた。学校の机のへりとか、椅子《いす》の背の横木、二階の出窓の窓わく……そういったところに、ちょうど、立ったままとか、ひざつきの姿勢で、ふっと自分のそこがあたった時、ほんのわずか自分の重心をそこに集めるだけで、その快感がわいてきた。それは、童話の王子と王女の恋に心を燃やす時おそってくる、あのしびれるような激しい陶酔感ではなかった。

まるでぬるま湯に全身がつかり、徐々に湯のあたたかみが毛孔《けあな》の一つ一つから身内の中へしみとおってくるような、もどかしいやるせない快感であった。

それは、ぜんぜん他人に気どられる所業ではなかった。私がその隠密な快楽に頭をしびれさせている最中でも、すぐ側にいる大人の誰の目にも気どられることがなかった。その姿勢が何気ないものであり、少しも不自然な形にみえないからだ。ただそこが圧迫されるだけでよかった。

はじめて偶然、その経験をした時、私はそれがひどく恥かしい行為だと直感した。二度とくりかえしてはならないと、自分をいましめた。人間は生まれ出た時、すでに、衝動と、衝動を阻止するもの（反衝動）とが、あらかじめ形成せられて存在しているという。この時、私にその行為を禁止するよう命じたものが、私のこの意識下の反衝動だったのか、子供心にそれを「げさくな快楽」だと感じた羞恥《しゅうち》の感覚だったのか、わからない。

とにかく、私はその後、何年間も、時々、一か月に一度とか三か月に一度かの割で、おそってくる、そうしたい欲望と戦うのに苦労した。十度に三度はその誘惑に負けたが、それはすでに、後ろめたさをもっていたので、最初の、あの完全な恍惚感は得られなかった。

初潮を見た時、もう私はすっかりそのことを忘れていたと思ったのに、反射的に思いだしたのは、やはり、それが性に強くつながっている衝動だったからだろう。私は漠然と、その快感が、コイトスの快感につながるものと想像していた。二十年も後になって、はじめてコイトスを経験した時、それが、どんなに現実のものと縁遠い感覚だったかを知った。ちょうど男のそれを、写真や図解で、知ったつもりでいるのと、実物をみた時の差のようなものであった。

私の読物は、すでに童話ではなく、私は『復活』のネフリュードフがしのんで行く夜、川の氷のわれる音のくだりを読むと、性的に感動し、『女の一生』の、新婚旅行の泉の個所では、何度も性的身ぶるいをしたほどであった。

性への本能的な予感

いわゆる思春期と呼ばれるハイティーンの時代に、私は性的な何の目ざめも感じなかった。

女学校が、厳格な県立高校であった故だろうか。スパルタ式校風は、男の子とたあいないラブレターのやりとりをしただけで、休学だ退学だと大騒ぎするのだから、文字通り、女学校の五年間は格子なき牢獄《ろうごく》に入れられていたようなものだ。意識下でリビド（性的衝動）は抑圧されていただろうけれど、私は運動と、エスと呼ばれる同性愛遊戯にそれらを発散したらしい。

めんめんと、エスにラブレターを書いて暮し、その交際であらゆる恋の模擬修練をしていた。ただ、私たちの女学生のエスの遊びでは、肉体的な接触は何もなかった。

そんな欲望もおこらなかった。嫉妬したり、思いつめたり、眠れなかったり……そんな感情や状態は、ほんものの恋となんのかかわるところもなかった。

女子大では寮に入った。やはり恋をするチャンスも相手もなかった。その頃、太平洋戦争に突入していたので、私たちの対象になるような男性は、内地にはほとんどいなくなっていたのだ。

もしもあの思春期に、エスの遊びがなかったら、まったく灰色の青春という言葉でしかいいあらわせない、私の「年ごろ」であった。

私は女子大の二年に見合いをし、婚約し、三年の時、学生結婚をした。学校を休んで郷里で式をあげ、夫と上京し、私はすぐ学校につづけて出た。その時の私の持ち出した条件は〝式はあげても、卒業まで肉体関係はもたない。もしそうなったら、学校で恥かしいから〟というのであった。

三十歳の童貞の夫は、私の条件をいれ、二人でホテルに何日泊っても、私たちは何もしなかった。

私は、そんな状態が、夫にどんな犠牲を払わせているのか、感覚的に理解できなかった。

私は、何のまちがいもおこさず、品行方正な男子と結婚できるのが、非常に得意であった。

二十で結婚し、二十一で子供を産んでも、私の精神状態は、ハイティーンのままで眠っていた。

私は初夜にも、その後の結婚生活の性生活にも、一種の失望を感じた。けれども同時に、「これが人生の現実だ。私の想像していたものは、小説の中のお話だ」と、自分に自分でいってきかせていた。そしてその大人びた解釈に、自分で満足していた。

今私は、ようやく私が思春期やそれ以前に、なかば本能的に予感していた性の真の姿が、決して、「小説の中のお話」ではないのを識っている。

女の中には、生まれた時にはすでに、未来の経験に対して、ある直感的な予感を具《そな》えているのではないだろうか。

「こんなはずはない」というボヴァリー夫人の身もだえは、すべての女の中にかくされている叫びかもしれない。

解剖学的には、男のセックスが画一的で、女のそれは、千差万別であるといわれる。それだけに、性への目ざめも、性への理解の道すじも、女の方が複雑で、千差万別かもしれない。いつの時代にも、女の新しいドラマが際限なく、生まれているゆえんだろうか。

女についての追求

手紙　わたしからあなたへ

若い女の人に、結婚前に何を読めばいいかと聞かれたら、迷わず私は、まずボーヴォワール女史の『第二の性』をお読みなさいといっています。

小説ではない、いわば、女性論のたいそう膨大なものですけれど、私はボーヴォワール女史の小説よりも、はるかに面白い本だと思います。私たち、女として生まれてしまった者たちにとっては、ぜひ読んでおいていい本だと思うからです。

この本には彼女の学識と経験と研究のすべてをかたむけて、女はどうしてつくられたか、女はどういう歴史の上に生きつづけてきたか、これから女はどう生きるべきか、ということをこの上なく執拗に情熱をこめてときあかしてあります。

私たちは女である前に人間だ。なぜそう女、女とこだわるのだろうか。まずあなた方に浮ぶ疑問でしょう。けれども果して今の私たちが生きている、国家、社会、世界の中をみまわした時、私たち女は、女である前に人間だと、威張って、あるいは安心していえるでしょうか。

私たちはまだまだ、女としてのあらゆる制約やハンディキャップの中で、男よりはるかに損な条件の中で生きています。まず女は、なぜこうなったかを見つめ、自分たちの置かれた立場、自分たちの置かれた現実を直視し、認識すべきではないでしょうか。

ボーヴォワールは、身をもって女の立場の不合理や、男との非平等性を体験したからこそ、ああいう、大作にとり組み、女というものについて、想いを凝らしたのでしょう。

だからといってボーヴォワールが男性的で戦闘的で、色気もしとやかさもない男のような女かというと全くそうではありません。

昨年サルトルと来日した女史の講演を聞いたり、テレビでごらんになったりした方もあるでしょう。また新聞はあの頃、演壇に立つ毎《ごと》にちがう女史の服装についても、くわしく書きつくしていました。

私も彼女の講演を、聞きにゆき、ある婦人雑誌の座談会で親しく女史と話す機会を、持ちました。その時の女史は、今はやりのことばでいうTPOに適《かな》ったおしゃれで頭のてっぺんから足の先まで神経をゆきわたらせていました。

けれども私は、彼女が美しく化粧し自分に最も似合う髪形を整え、流行の短いスカートの服もきこなし、真紅のマニキュアをし、すがすがしい模様入りのストッキングをはいていたすべてに、好感を持ちました。

彼女が、自分の中に女らしい女を持てあますほど持っているからこそ、「女」についてああまで真剣に、執拗に考え、追求しなければならなかったのではないでしょうか。

自分の中の女としての弱さ、甘さ、惨めさを、いやというほど知っているからこそ、女と生まれた宿命と、どうとり組み、どうやって自分にうち克《か》って、女としての可能性の全幅をおしひろげ生きてゆくべきかを、考えたのではないでしょうか。

人間の中にはどう処理しようもない矛盾撞着《むじゅんどうちゃく》が、みちみちています。それだからこそ、人間は果てしなく悩みながら生きつづけていかなければならないのです。

ボーヴォワールのえらさは、自分の中の女らしさに甘えず、女らしさを武器として生きようとしなかったことだと思います。かくあらねばならないことを彼女は私たちに『第二の性』の中で説いています。

実生活では、人も知るサルトル氏の公認の恋人として、結婚はせずに、互いに協力しつつ暮しています。しかも長い恋愛の途上では、二人ともお互いに別々の恋人を持った時期もあります。

そっちのことも、女史は、自伝の中ではっきり書いています。男と結婚することによってのみ、女の幸福があるという考えの古さに、私たちは思いいたらねばならない時にきているのではないでしょうか。

ボーヴォワールとサルトルの愛の型が、果して女にとっても男にとっても、真に自由ないい関係かどうかということはまだわかりません。互いの創作活動のために二人の子供をあえて生まなかったという生活も、果して、女として、人間として、幸福かどうかも疑問がありましょう。

それでもボーヴォワールが身をもって、女のひとつの新しい生き方を試み、勇敢にひとつの突破口を開いてみせてくれたということだけは認めざるを得ないのではないでしょうか。

何《いず》れにしても、今世紀の上で、女のために、彼女ほど真剣に考え、書き、行動してくれた人は少ないと思います。

Ⅱ 愛からの自覚

魔におそわれる不可抗力のとき

〝理解することには疑りがあり闘いがおこる。幸福とは、その苦しみに裏打ちされた傷だらけの愛を自分の孤独の中にしっかり握り締めることではないだろうか〟

新しい人生の意義

娘の頃、女の幸福とは、生涯にただひとりの運命的な異性にめぐりあい、その男に愛され、愛し、その男と結婚して、子供を産み、その子から産まれる孫を抱き、いつか夫を看病してその死を看《み》とる。その後、一、二年、ゆっくり人生に名残を惜しんだ上、子や孫に看とられ、夫の後を追う。

そういう生涯こそ、女の幸福な一生と呼ぶにふさわしいものだろうと考えた。何の本でそう教えられたのか、あるいは誰かから教えられたものか、今は忘れてしまった。

周囲を見廻《みまわ》してみても、やはり女の大多数はこういう夢を描きながら、その七十パーセントくらいは、こういう生涯を送っているのではないかと考える。

愛し、愛される異性にめぐりあうということが、なかなかむつかしい。たいていの恋愛は錯覚の上に花開くものだから、愛し、愛されているという幻影に酔うのが恋愛というものの正体であるかもしれない。

錯覚がとかれ、相手の正体が、正味のままに目に映りはじめる頃は、相手の目からも鱗《うろこ》が落ち、自分もまたかけ値なしの正体を相手の目にさらしていることを覚悟しなければならない。

この一年ほど、急に、妻の家出がふえているという記事を目にした。昔の妻の家出は、たいてい子供をつれて出ていったものだけれど、近頃は、ほとんどが子供をおきざりにして出るという。

母性愛はどこへいったかというようなことばで、その記事は結ばれてあった。

私には愛するということは、生活するということにつながっているとしか考えられない。

共に一つの部屋に、あるいは一つ家に暮すということは、どうにもかくしようもない互いのあらや、欠点を、示しあわずにはすまされない。楽しみよりも苦しみの多い、この人生の辛《つら》さを、わけあう中にはじめて愛が定着するのではないだろうか。

今の母たちに母性愛がないといわれるのは、今の若い女たちが昔の女たちよりも本能的に生きなくなったということなのかもしれない。

自分の腹を痛めて産んだ子が可愛いというのは、最も動物的で原始的な生物の種族保存の本能であって、これは健康で正常な肉体と神経の持主なら、おそらく誰だってそなえている筈《はず》である。

ただし、世の中が複雑になり、人間の生活も単純でなくなり、それにつれて、様々な情緒や知恵が発達するにつれ、本能だけではないあれこれの要素が人間性に加わってくる。

夫妻の間に子供があるということは少なくとも共に一年をすごしたということに

なるだろう。

一年がかりで、お産という命をかけたひとつの大事業をなしとげあったという経験は、ふたりだけの貴重な体験であって、その中には他人の想像の許されない微妙でなつかしい、そして不安と期待にみたされた想い出がつまっている筈である。

それにもかかわらず、母となった妻が、夫と子供を捨てて家を出るということは、どういうことなのか。

家出妻の九十九パーセントは、家を出る前より不幸になっているということが調査され、データーもあがっている。けれども、人間の幸、不幸の感じなどというものは、すべて個人的な主観的実感であって、他人の憶測などあくまで想像にすぎない。

客観的に、どう惨めな生活におちいっていようとも、本人が、そこに、以前には味わえなかった新しい人生の意義を認め、惨めさの中にも、生きる実感を摑《つか》んでいるなら、前の生活より、今の生活が悪くなったとは考えていないだろう。

家出妻の本当の原因

人間の生活には、魔におそわれる不可抗力の時がある。落ちついた人が交通事故にあったり、細心な人が、大切な物を落としたりすることだってある。こうしたらだめだなと思いながら、どうしても、そうしてみたい奇怪な時に摑《つか》まれることがある。

妻の家出というものは、私は、この「魔の時」におきるものだと思う。私自身、子供を置いて家を出た家出妻であった。

十数年も前になったその時を、いくら思いかえしてみても家を出てしまった瞬間の自分の気持は、一種の真空状態になげこまれていた頼りなさの形でしか浮んで来ない。

恋もあったし、新しい生活への夢もなかったわけではないけれど、何といっても、それまでの生活の中に安らげない奇怪な苛《いら》だたしさしか思いだせない。誰にもわかってもらえないという思いつめた孤独感だけは、今にも尾をひいてのこっている。

たいていの妻に去られた夫たちが、家庭的で、やさしくて、妻思いなのも偶然のことではないように思う。

妻は、やさしくされることを望んでいるだけではない。やさしい心で理解されることを望んでいる。そのくせ、理解してもらいたがっている自分の正体というもの自身を、その妻がわかってはいないのだ。夫に鏡になってもらって、そこに映る自分を教えてもらいたがっている。

多くの、妻にやさしい夫たちは、本質的に妻を理解しようとしてはいず、自分の流儀で、自分本位に妻を愛しているような気がする。

ひもじい時に、厚いオーバーを買ってくれたり、寒い時に、高価なアクセサリーをもらっても妻は充《み》たされない。

理解することには、疑いがあり、闘いがおこる。そうした摩擦のない愛のもろさを人は忘れがちだ。気づかない、ささいな、不満や違和感に、ある日突然、火がついてたまったガスが爆発する。

たいていの家出妻が、その発火の役目をした新しい恋に失敗しているのをみても、家出妻の本当の原因が、新しい生活への憧れでないことがうなずける。

わかってもらえないもどかしさ……そういうものを感じたことなく生涯をすごす妻たちも決して少なくないだろう。そういう妻たちの無難で貞淑な生涯は、今の世の中でも賞讃《しょうさん》され、尊敬される。

けれどもボヴァリー夫人の不幸、アンナ・カレーニナの不幸を、人は決して修身の教科書的に読みついできたのではない。彼女たちの心の迷い、悶《もだ》え、充たされない苛だたしさ、肉の誘惑、それは、人間の中の永遠の業苦《ごうく》であって、すべての女たちに、その苦悩が通じるからこそあれらの小説が名作として読まれてきているのだろう。

今、私は、生涯を無傷で、平穏無事にすごす人妻、この原稿のはじめに書いたような人妻の生涯を、負けおしみからでなく、決して羨ましいとは思わない。今も尚《なお》、まだつづいている私自身の人生のぬかるみに、足を汚し、足をすくわれながら、私は「生きる」ということは、愛するために悩むことではないかと考えるようになっている。

人間は無関心なもののためには悩まないし、腹も立てない。あらゆる錯覚をはぎとった上で、夫を、恋人を、友人を愛しはじめる時から、人は本当の生きる苦しみを味わうだろう。幸福とは、その苦しみに裏打ちされた傷だらけの愛を自分の孤独の中にしっかり握り締めることではないだろうか。

女が離婚にふみきるとき

〝人は愛するたびに過ちをおかしているのかもしれない。それでも愛さなかったより、愛する幸福を一度でも知った方がより深い人生を生きたことになる〟

生きる自由を求めて

北鎌倉の駅から鎌倉よりに、小半丁《こはんちょう》ほどのところに、東慶寺という静かな尼寺《あまでら》がある。

春は花々があふれ、秋は紅葉の炎につつまれた美しい静かなお寺である。この寺は江戸時代から有名な「駈込寺《かけこみでら》」の異名をとっている。

封建時代には、女は結婚の自由はもちろん、離婚の自由さえなかった。親や兄弟の利益のため政略結婚に利用され、有無をいわさず、顔もろくに知らない相手に嫁がされても、また嫁いだ相手から、どんなに横暴で非道な虐待をうけても、女は一たん嫁《か》した以上は、死ぬまでそこで辛抱を強《し》いられた。

そのくせ、女は夫の都合によって、いつでも勝手に離縁されることがあった。家風に合わぬという一言で、妻の位置はくつがえさせられ、三年のあいだ子供が生まれなければ、たといそれが夫の肉体的欠陥のせいであっても、離婚の正当な理由になって、婚家を追われた。

離婚はあくまで、夫の、あるいは婚家の意志によって行なわれ妻の意志はまったく無視された。

妻が夫と別れたい時は、死ぬしか道がなかった。ただ一つ北鎌倉の東慶寺まで逃げのび、一歩この寺へたどりつけば、法律の届かない世界になっていて、三年間、女は尼寺に生活すると、離婚が認められた。夫の暴虐に苦しめぬかれた女たちは、必死の思いで江戸から走りつづけ、東慶寺へ駈け込み、生きる自由をこの尼寺に求めたものだ。追手に追われ、女の足では逃げのびきれず、途中からつれ戻される哀れな女たちも多かった。

　今でも昔のままに残っている東慶寺の石段の下までたどりつくと、追手に追われた女は、必死になって、履き物を寺の境内にむかって投げこんだ。それが片方でも境内にとどきさえすれば有効で、体は捕らえられても女の逃走は認められるというきまりがあった。

　今から考えると信じられないような話だけれど、女はそれほど結婚の場においては自由も人格も認められていなかったのである。

　戦後、女の得た権利はさまざまだけれど、いちばん大きいものは、離婚の自由ではなかろうか。

　東慶寺の昔語りが、今では夢物語になって、家庭裁判所で扱う離婚事件は年々増加する一方のようである。しかも、妻の立場から離婚訴訟をおこす数が増加する一方である。妻はもう、夫の横暴に泣き寝入りなどしないし、姑《しゅうとめ》の理不尽に、非人間的な忍耐などしようとはしない。姦通罪がなくなって以来は、妻でありながら、新しい恋のために、離婚したがる女さえ増えてきている。

駈込寺が唯一の、女の自由の抜け道であった頃からみるとまったく隔世の感がある。

それにしても、私たちは自分の周囲に、あまりにもたくさんの離婚を見つづけている。俳優や知名人の離婚事件は、いちいちジャーナリズムが派手にとりあげるため、ほとんど、毎週のように、誰かしらの離婚事件にギョッとさせられる状態だ。

知名人の結婚というもの自体が、婚約したといっては記者会見、結婚したといっては記者会見というかたちで、報道されるし、週刊誌はいっせいにまた、その事件をとりあつかい、当事者の感想やら、結婚披露宴の人数から、費用、デコレーションケーキの高さまで、こと細かに報道する。ところが、ものの一年たらず、あるいは二年たらずに、あっけなく離婚となると、またいっせいに結婚の時以上派手に報道される。知名人の離婚沙汰《ざた》が特に目立つから、彼らが、辛抱性がなく、あきっぽく、浮気で軽薄のように見えるけれども、世の中にいちいち報道されていない人びとの離婚は、いちいちとりあげれば、新聞がすっかり埋まってしまうほど、多いのではないだろうか。

崩れ去る結婚のかたち

数年前、私がラジオで、何かのおりに、女は結婚をそれほど悲壮に考えないで、何度でもやり直しのきくものと思ったらいい、といったようなことをいったら、世の中の幸福な主婦たちから猛烈な反撃をくって、投書が放送局に山のように舞いこんだことがあった。

それらの意見はすべて、結婚の神聖さを説き、結婚は一生に一度するものという覚悟でのぞむべきで、私の意見はまことに不真面目で、結婚や人生を冒瀆《ぼうとく》するものである、という意見だった。

私はその時も、女の自由をいったつもりだったけれど、それは理解されなかった。あのころからみれば、わずか数年だけれど、やはり世の中はずいぶん変ってきているように思う。

このごろ私は、周囲の若い有能な職業婦人たちから、

「どうしても結婚する気にはなれないんです。好きな人はいるのですけれど、なぜ、

その人と結婚という形で結びつかなければならないかわからない。今のままで、お互い自由を守りながら自分の仕事にそれぞれ力をつくしていたいのだけれど、周囲や相手が、その気持を我儘《わがまま》だといってわかってくれないのです」

という意見を、何度も聞くようになっている。

彼女たちの気持をもっと突っこんで訊《き》くと、

「周囲の結婚生活のどれをみても、大して魅力を感じないし、第一自分自身の愛情に、死ぬまで変らずつづけられるほどの自信がない」というのが、率直な告白のようである。

人間が自我に目ざめ、本当に謙虚に自分自身を見つめる目を持てば、そういう考え方を持つのが当然のように私は思う。

結婚ということを大切な人間の事業と考えるほど、結婚の基礎となる「愛」に不安と不信を覚えるのが、本当の姿ではないだろうか。つい最近までは、「出戻り」ということばは、女にとっては生涯の半分を抹殺《まっさつ》されたような不利な烙印《らくいん》だった。けれども今や離婚は、女の勲章の一つのようにさえなっている。

離婚にふみきることは、とにもかくにも、相当な勇気のいることである。結婚にふみきる勇気は、恋の情熱というものが支えてくれるし、未来の幸福への幻想が助けになってくれる。人びとも好意の目で見守り励ましてくれる。

離婚の場合は、まったくその逆で、さめはてた情熱で、冷静に現実を見きわめなければならないし、将来の不安を直視しなければならない。周囲の冷笑や非難の目も覚悟しなければならない。もっといやなことは、弥次馬《やじうま》根性の大げさな同情の目だ。

それらを乗り越えて、やはり離婚にふみきる決心をした女は、すでに、女として人生の一つの峠を乗り越えたことになるのではないだろうか。

「離婚される」しか能のなかった女が、今や「自ら離婚する」女になったことは、決して道徳の腐敗でも、婦道の失墜でもなく、女の成長であり、女の力の拡張の証明のように思う。

男に頼り、男に養われるしか能力もなかったし、そういう立場しか許されなかった女が、自分自身の足で立ち自分の手で自分の生活の糧《かて》をつくるようになったことは、女は誇っていいのだと思う。

昔、女は嫁入りの時、二度と家のしきいをまたぐなと親たちから訓戒された。それが娘を嫁に出す親たちの、共通のはなむけの言葉だった。実際そのころの生活能力のないように育てられた女たちは、夫の家を出る以上は、また誰かに養ってもらわねばならず、親のもとにかえるしか方法がなかったのである。

ところが今では、生活能力を持った女たちは、嫁いだ家を出たところで、もう二度と生家のしきいをまたぐ必要はない。夫の家から、自分自身の家を発見すればいいのである。

将来、女が生活能力を身につけ、それぞれの自分の才能をのばしはじめるにつれ、今までのような、「家」の観念にとらわれていた古い「結婚の形」は崩れ去るだろうし、離婚はもっともっと多くなるだろう。かといって結婚がまったく女の夢から消える時代は、決してそうたやすくはやって来ないのではないだろうか。

まだまだ、花嫁衣裳《いしょう》は女の夢をかきたてるし、炉辺《ろばた》の幸福は、働く女たちの疲れきった神経に、美しい灯となって憧れを誘う。たくましい夫の胸に頭をあずけて眠ることが、女にとっては何よりの安らぎであることにはちがいない。

ただ、昔のように、この結婚を死ぬまで貫き通さねばという悲壮感は、次第に薄らぐだろうし、離婚の経験をもった多くの才能ある女たちの方が、幸福で貞淑な家庭の妻たちよりは、より多く女の歴史に貢献し、女の生き方の幅をひろげていくことは、争えない事実となるだろう。

今でも、まだ世間は有能な一人の独身の女性よりも、結婚指輪《リング》をはめた無能な女の方に伝統的な敬意を表したがる。

けれども、少なくとも夫たちは、昔の夫のように全面的には妻に安心しきれないのである。いつ妻に離婚を宣言されるかもしれない不安とともに、結婚しなければならないのである。かといって、永久に逃げる心配のない妻を持つには、夫の経済力が次第に不足になってきている。皮肉な現象である。少なくともこの状態は、もっとすすむだろうし、女の立場はまた少し強くなるのではないだろうか。

有能な女として幅ひろく

私は今、パリの下町の宿でこの原稿を書いている。昨日、二泊三日のパリ郊外の城めぐりの小旅行から帰ったばかりである。

バスの一行のなかには、みるからに幸福そうなイタリア人の夫婦と、独身の初老のボヘミアンタイプのカリフォルニアの男と、母親と二人の女の子をつれた美しい中年のアメリカ女と、四人の未婚のアメリカの娘たちが乗りあわせていた。

質素な身なりで、六十日のヨーロッパ旅行を楽しんでいる娘たちは、ほがらかで、大食で、よく笑った。美しく、どこかもの憂そうな中年の女は、足の悪い母親と、元気で可愛い女の子の面倒をよく見ながら、誰よりも熱心に、古城の見学をし、ガイドの説明に熱心に耳を傾けていた。

ソバカスのあるおしゃべりのタイピストが、あの人は、夫からとりあげた離婚費用で、この旅行をエンジョイしているのだと教えてくれた。

ロワール河のほとりに建っている夢のような古城の一つにたどりついた時、お城のそばの旧《ふる》い教会から、花嫁の一行が出てくるのに出逢《であ》った。

娘たちは喚声をあげ、とうとうバスをストップさせてしまった。

花嫁と花婿をもっと見たいといい、その写真をとりたいというのだった。二人の娘はまだ若く、ほかの二人はなが年先生をしているそうで、もう、オールド・ミスの感じがした。

四人の娘は、二人の女の子と同じくらいはしゃいで、花嫁の一行についていった。たとい田舎でも、やはりフランスの花嫁だけあって、ウェディング・ドレスはスマートで愛らしかった。

ほんの数人の身内と友だちだけに守られて、花嫁は健康なつやつやした頬《ほお》を上気させていた。あごひげをはやした花婿の方が、照れてとりのぼせている。

二人はお城の見える河原におり、思いきり枝をのばしたマロニエの樹の枝の一つに、花嫁の長いヴェールを結びつけて、ポーズをとり写真をとった。

私たちの一行もそれを四方から写した。離婚した金持の中年の女もいっしょにそれを写していた。幸福そのもののイタリアの人妻も写していた。

折から教会の鐘が、さわやかな音をたて、みんなの頭上に鳴りひびいた。南フランスの空は晴れ、古城の壁が白く青空にそそりたっていた。

やはり結婚は美しいし、花嫁は愛らしいし、娘たちは、結婚にあこがれるし、それに破れた女も、とっさには無条件でその日の晴姿をなつかしむものだと思った。

私たちのバス旅行は、そのつつましい美しい結婚式にゆきあったというだけでいっそう楽しい晴れやかなものになった。

パリに帰ってきたら、旅行会社の人が、日本からとどいたばかりだという週刊誌を二冊くれた。一つに有吉さん*1の離婚記事が、もう一つに美空ひばりさんの離婚記事が載っていた。

どちらも私にははじめて聞く事件だった。

有吉さんには日本を発《た》つ十日ほど前、逢っていた。元気で楽しそうに神《じん》さんのおのろけをきかされた。もうその時はすでに有吉さんは離婚していたのだと、週刊誌の記事は知らせている。よく読むと、その両方とも、妻が経済力と、仕事を持ったための悲劇のようにとれた。

私の眼には昨日見た古城のほとりの美しい結婚式が浮んできた。もの憂そうな表情で母と娘をヨーロッパ旅行させていたアメリカの女の姿が浮んできた。幸福そのものの、よく肥《ふと》ってよく笑ったイタリアの人妻の俤《おもかげ》も重なった。四人の娘たちがオレンジの花冠をつけた姿も想像されてきた。

私はどうしても、有吉さんやひばりさんの離婚が、暗い記事とは感じられなかった。女が一人の男にめぐりあい、愛し、愛され、結婚する。さまざまな夢を描いて実際に生きてみて、いつか、夢破れ、破局がくる。正直で、人生にぶつかろうとする人間ほど、結婚生活の中で、傷つき、悩み、挫折《ざせつ》する。

だからといって、彼女たちが、愛されなければよかった、結婚しなければよかった、というのは愚かな批評だ。

人は愛するたびに誤りをおかしているのかもしれない。それでも愛さなかった女より、愛する幸福を一度でも知った女の方がより深い人生を生きたことにまちがいはないだろう。

同じ人と何度結婚し直してもいいし、別の人間と次々結婚し直してもいいのではないだろうか。

離婚するたび、女は若がえり、賢くなり、悩みで洗練され、味をましていくことだろう。結婚はもうこりたという女も、男にはまだこりないかもしれない。男にはもうこりたという女も、結婚への夢はまだ捨てないかもしれない。

それでいいのだと思う。

東慶寺へ駈け込むしか自由の守れなかった日本の女が、世間のさまざまの好奇の目にもめげず、勇敢に離婚し、勇敢に自分の自由を主張し、自分の道を、自分の血を流してきりひらいている。

いつか女たちは、大げさで無意味な結婚披露の宴《うたげ》にかける金の馬鹿らしさに自分から気づくだろう。むしろその金を互いの離婚費として積みたて、結婚生活に入るくらいの智慧《ちえ》を持つのではないだろうか。案外早い将来に。

こんなことを思って、通りの向うの窓を見ると、向いの帽子屋の窓辺で、美しいおばあさんがせっせと花嫁のオレンジの帽子をつくっている姿が見えるのだった。

＊１【有吉さん】有吉佐和子。小説家。古典芸能の世界から現代の社会問題に至るまで、幅広い主題を描いた。『地唄』『恍惚の人』などを発表。一九三一年～一九八四年。

惨めな愛の因果関係

〝真の芸術家は本質的に自己主義で我ままで気まぐれで移り気で、人並以上の情熱ないしは情欲家である〟

恍惚と栄光の犠牲《いけにえ》

いつだったか、漫画家の近藤日出造《こんどうひでぞう》さんと対談した時、

「うちの女房が、あなたが漫画家で、小説家でなくってよかったっていいましたよ」

と、例のユーモラスな調子でおっしゃった。勿論《もちろん》話に面白味《おもしろみ》をつけるためのつくった話だろうけれど、ことほど左様に、小説家の妻というものは辛いものである。

私は、たまたま小説家になってしまったけれど、万一、私にむすめやむすこがいたら、小説家とだけは結婚させたくないと思う。いや、小説家にかぎらず、漫画家とだって、およそ、芸術家と名のつく商売の人物とは結婚させたくないものだと思う。

芸術家というものは本質的に自己主義で我ままで、気まぐれで、移り気で、人並以上の情熱乃至《ないし》は情欲の持主と相場がきまっている。こういった素質を持ちあわせていないものは、決して上等の芸術家にはなれないのである。

私は、たまたま、田村俊子[*1]や、岡本かの子の伝記小説のようなものを書いたし、三浦環のような天才的音楽家についても小説を書いたおかげで、女といえども、本当の芸術家が、如何にデモーニッシュな情熱を持って生まれ、そのために苦しめられ、自分も苦しみながら、周囲の者をも苦しめたかということをつぶさに識《し》らされたのであった。

明治に生まれ、まだ婦徳が、儒教的道徳の上に立っていた男尊女卑的風潮の中にあって、彼女たちは、結婚を一度ならずし、一度ですんだかの子にしても、恋人を何人か自分の芸術のいけにえとして生きている。彼女たちが誰も淫蕩《いんとう》だったわけでなく、むしろ、純情な点、純粋な点では、世間の平均以上に、とびぬけていたにもかかわらず、当時の道徳からみれば、あんまりほめられるような生涯を送っていないことを、つくづく考えさせられるのである。

けれども、彼女たちは、自分の中の怪物のような情熱や、悪魔的なエネルギーを、ただ、恋や、情事に浪費したわけではなく、恋や、情事で火をつけたそのエネルギーでもって、自分の内の芸術的才能に点火して、みごとな聖火をかかげて世を照らしたのであった。いわば、自分の脂《あぶら》に火をつけて、その炎で、小説を書き、その炎で、世界をかけめぐって歌を歌いつづけたのである。

こうなればもはや、情火は、浄火であって、後世の私たちにとって、彼女たちの生前の迷いや過ちや、悩みまでも、並々ではない非凡な経験のように見えてくる。

このところが芸術の不思議さと怖しさで、だからこそ幾千、幾万の凡人が、非凡を夢みて、芸術の殿堂を叩きつづけ、無慈悲にこばまれ、ただ汚辱と過失だけの後悔の中に惨めな生を終えたことだろう。

太宰治『晩年』の中にひかれたヴェルレエヌのことばに、「撰《えら》ばれてあることの恍惚と不安と二つわれにあり」というのがある。何となく憧れ易い魅力にみちたことばだけれど、太宰が、賢夫人と子供たちをのこし、未亡人の美容師と玉川上水で心中し、更にもう一人の婦人に子供を産ませて何の保証も与えず、棄てていることを思えば、芸術家の恍惚と栄光のかげに捧《ささ》げられる犠牲の大きさに慄然《りつぜん》としないものはないだろう。

酬《むく》われない愛

萩原葉子さんの『天上の花』という小説があって、田村俊子賞にも選ばれ、大層好評を受けた。

これは一世の天才詩人だった萩原朔太郎《はぎわらさくたろう》の遺児である葉子さんが、亡夫の許《もと》に出入りしていた詩人、三好達治《みよしたつじ》とのふれあいに心をひそめ、その天才と、狂気にちかい詩人の精神の内奥にせまり、悲惨な実生活を描きあげた、迫力ある力作であった。

その中で、美しい詩を書く三好達治が、どうながめても美貌《びぼう》という以外の取柄《とりえ》のない朔太郎の妹に恋をし、彼女が第一の結婚の結果、未亡人になったのを待ちかねて、子までなした妻を離縁してまで、その結婚にふみきり、東京の詩壇も、旧い交友もすべて捨てて、福井の海辺の町へ逃れ、そこで凄絶《せいぜつ》な結婚生活を送る過程がうかがわれる。

三好達治の最初の妻は、佐藤春夫*2の姪《めい》に当る人だったので、この人との離婚は、三好達治にとっては、生涯の業とする詩をさえも賭《か》けたものだった。

人の心を慰め、人の心をふるいたたせ、人の心に希望や、夢を与える詩人が、女を見る目の浅く、馬鹿馬鹿しいほど幼稚なのに読者は愕《おどろ》かされてしまう。

第二の妻は、美しいだけで虚栄心が強く、自分の身を飾ることと、好きな物を食べることと、金銭をためることにしか興味もなければ、人生の意義も認めない。男の偉さは収入ではかり、人の値打ちはその身なりでしかはかれない。心のやさしさというものは皆無《かいむ》で、思いやりは全く持ちあわせていない。

たいていの人なら、彼女の美貌のかげにかくされたこういう世俗的な厭味《いやみ》を見抜いてしまうのに、三好達治は、彼女の稀《まれ》な美貌に、自分の生涯のすべてを賭けて、この恋の達成を願っている。結婚は、文字通り、悲惨を極め、惨憺《さんたん》たるものになった。

夫人は、達治の心の美しさや、優しさや、愛の一切を認めようとはせず、ただ、彼の経済的甲斐性なさだけを責めたてる。あげくの果てに、愛を抱けない夫の許から如何にして逃げだすかに心を砕く。その脱走が発見される度、達治は狂気のようになって、愛妻の上に及ぶかぎりの暴力を振ってしまう。

萩原葉子氏の筆が、この二人の宿命的な不幸に結ばれた悲惨な夫婦生活に及ぶ時、その惨めさと凄惨《せいさん》さに、読者は息をのまされる。

およそ冷酷、無知なこの罰当《ばちあた》りな妻に、いらだたしいものを覚えさせられると同時に、三好達治ほどの天才的詩人が、なぜ、こうも、下らない女に熱中するのか腹だたしくなる。人間の不思議さ、人間の哀しさに、思わず心が凍ってくる。

三好達治の不幸な、報われない愛の経歴を教えられる時、私たちは、西洋にもこれ以上の悲惨な愛に、半生を捧げつくし、報われることなく淋しい死をとげた文豪がいたことを思いださずにはいられない。

バルザックと、ハンスカ夫人[*3]の悲恋である。

これは、あくまでバルザックの側からいっての悲恋であって、ハンスカ夫人もまた、達治の妻と同様、生まれつき心の冷たい、虚栄のかたまりのような女だった。

バルザックが、彼女に捧げた純愛は、達治のそれに劣らず、しかもバルザックは、この夫人の冷酷さに、達治ほどの暴力も振わず、ひたすら書きに書いて、自分の命を縮め、夫人の虚栄を満たすために、あたら才能と命を使い果している。

けれども、バルザックも、三好達治も、この悲惨な酬われない愛のおかげで、素晴らしい作品を後世に、我々にのこしてくれている。芸術家の愛とその栄光の因果関係は、もっともっと多くの事を私たちに考えさせるようである。

＊1【田村俊子】小説家。幸田露伴に師事し、一時女優として舞台にも立った。男女の相克の世界を官能的に描いた。『あきらめ』などを発表。一八八四年〜一九四五年。
＊2【佐藤春夫】小説家・詩人。生田長江・与謝野寛らに師事。『スバル』などに詩を発表ののち小説に転じた。文化勲章受章。一八九二年〜一九六四年。
＊3【バルザック】フランスの小説家。一七九九年〜一八五〇年。

〝男まさりの女〟の分析

〝真に「男まさりの女」とは、無名の夫の姓だけで通用する無名で無数の女たちである〟

女の心の傷《いた》ましい姿勢

女は誰でも、たとえば本質的に男まさりの女であっても、やはりじぶんを女らしい女と思いたい、あるいは思われたい、いじらしい心をかくしている。

戦後は特に女が強くなって、いや、大宅壮一*1氏のご意見にしたがえば、世界の男がすっかり弱くなったので、女がいかにも強そうに目に映るようになった。

女実業家の数がぐっとふえたし、女のお金持ちもぐっとふえ、女で職業をもつのは当り前になってきた。

『夫婦善哉《めおとぜんざい》』の「おばはん頼りにしてまっせ」ということばが流行ったのも、頼りがいのある男まさりの女が、世間にあふれてきた現象をあらわしていたのだろう。女が頼りになるということは男が頼りにならなくなったという意味であり、男らしくない男がふえているという事実をも示している。

女以上に、男がいかに女らしい女に郷愁を抱いているかということは、これほど女の職場への進出が多くなってきた現在でも、正月あたりに和服姿でもみせようものなら、「へえ、そんな女らしいところがあったの」と、見直したり、うれしがったりする他愛なさである。

女のところへ遊びにいった男が一番うれしがるのは、女が気軽に台所に立って、たとい野菜をちょんぎり、出来合いのフレンチ・ドレッシングをぶっかけただけでも、手作りのサラダの一皿でも出してくれることである。本当は男の方が、舌も料理の腕もずっと発達していても、やはり男は女に料理させる方を快適だと思う因習に、神経が慣れすぎている。

このごろでは人の眼さえなければ、奥さんの下着ぐらい平気で洗っている男がいても、やっぱり他人眼《ひとめ》のあるところでは、タテのものをヨコにもしないような顔をして、いかにも女房を顎《あご》で使っている亭主面をしてみせたがるのである。

ちょっと進歩的な若い男なら、恋人や婚約者の結婚前の才能を、結婚によって枯らせるのは惜しいと実際に思うと、口にも出していう。けれども女がバカ正直に、そんな男のことばを鵜《う》のみに信用して、結婚後も今まで通り、いやむしろ、結婚という精神と肉体の落着きを得たことから、いっそう張りきって意欲的にそれまでの仕事をつづけ、立ちむかっていくならば、必ず、早くて半年、長くて一年後には、男の方で悲鳴をあげてしまう。

ちょっとずるく悪がしこい男は、

「きみのような才能のある女には、本当は男や家庭はもはや不必要なんだよ。ましてぼくのような平々凡々な男は、きみにはふさわしくないし、成長のさまたげにこそなれ何の役にもたたない。きみを愛していることはみじんも昔と変りはないけれど、きみをいっそう自由にして、より力強く仕事に専念できるようにしてあげたい」

　といいだし、も少しバカ正直な男ならば、

「ぼくはまちがってたよ。やっぱり、朝起きたとき、ぷうんと味噌汁の匂いがしてきて、はたきの音や電気掃除機の音がとなりの部屋でしているという家庭的な雰囲《ふんい》気《き》がほしいんだよ。きみの才能はみとめるけど、それはぼくひとりを幸福にしてくれるためのものではない。もっと馬鹿でも無神経でも不美人でもいいんだ。大根脚《だいこんあし》のがにまただっていいんだ。ぼくをだまって休ませてくれる女がほしくなったんだ。別れてくれないか」

　というようなことをいう。

　そうなってみて、はじめて、男まさりといわれ、優秀な職場の花、あるいは優秀なタレントといわれていた女たちは、ぎょっと青ざめるのである。

　そんなときの女の心の分析をしてみれば、正直なところ、自分より収入の少ない男の不甲斐《ふがい》なさに内心呆《あき》れてもいるし、

『これだからなるほど出世しないんだワ』

と、ひそかに一日に三度や五度は、甲斐性のない夫の性格分析や能力判定をやって計算しつくしている上、

『今が別れ潮《どき》かもしれない、今ならまだあたしにだってもう一度花が咲かないともかぎらないんだわ、あと二年もたてばおそすぎる』

など、女らしい、夫が知ったら、目をまわしそうなことを考えていたくせに、そんな気持は男の愛想づかしを聞いたとたんたちまち雲散霧消してしまって、自分の自己拡充意欲と、自己顕示欲と、世間のかっさいがうれしくてほとんど彼を忘れて働いていたことは棚にあげ、一にも二にも、彼との生活のために、身を粉にして、厭《いや》な目にも困難な仕事にも堪えに堪えてきたような錯覚におちいり、不法な被害を一方的にこうむったように思いこみ、あわてふためくのがおちである。

底にある女の本当の弱さ

「男まさりの女」と世間から思われている女の、何人が果して本当の意味で男まさ

りだろうか。

男のなかに立ちまじり、男以上に目ざましい仕事の成果をあげる女をそう呼ぶならば、それはまちがいである。たとえば、世に聞こえた女社長、女美容師、女デザイナーなど、私たちはすぐ彼女たちの名前と顔を思いうかべるけれども、彼女たちのほとんどは、れっきとした夫が背後についていて、何々女史の夫という名に甘んじて、内助の功をつとめてくれているからこそ、世間に屋台を張っていかれるのである。

男たちの多くは、「有名な女」の夫あるいは恋人になるのをいさぎよしとしない。「小糠《こぬか》三合あれば養子にはいかない」といった昔の男の意地みたいなものが、今でも日本の男のなかにひそんでいて、男は女を養うもの、庇護《ひご》する者という観念がしっかりと根を張っている。

少しでも自分より収入の多い、社会的地位の高い、有名な女と特別の関係になることは、世間に痛くない腹をさぐられるような気がして、いやがるのである。

もちろん、それほど有名な女をものにしたという得意さがないではない。けれどもそんな得意さは、そんな女の力をあてにした、あるいは利用したとカンぐられる方の屈辱感に比べたらものの数ではない。

あれほどの女に惚《ほ》れられたということは、男にとっては自慢にこそなれ、決して不名誉な話ではないのに、彼等は、そこで逡巡《しゅんじゅん》せずにはいられない。そしてまた、世間の男たちは、たしかに、彼等を嫉妬するあまり、軽蔑したふうをするのである。

このごろのように、マスコミが異常な力を持っている時代では、才能のある女は、運とチャンス次第で、たちまち世の中の脚光を浴び、あれよあれよというまに、有名な女になってしまう。それはまったく本人の好むと好まざるにかかわらないマスコミの暴力的意志であって、個人のかよわい力ではとうてい抗しきれるものではない。要するに、「時の勢い」というものの怖しさである。

有名になった女を、世の中では、ただちに男まさりの女というイメージに結びつけたがる。たとえそれが、女優とか、美容師とか、デザイナー、あるいはバーのマダムというような、もっとも女らしい女にふさわしい職業にたずさわっていても、ひとたび有名な女になった彼女たちの上からは、真の女らしさは消えてしまって、バイタリティとファイトのかたまりみたいな、闘志満々の、「男まさりの女」のイメージしか浮んでこなくなるのである。

そんなつくられた女のイメージのなかから、その女の本当の弱さや、いじらしさをかぎとり、感じとってやる能力のある男にめぐりあうと、有名な女や男まさりの女は、たちまち、ぐにゃっとなって男の胸に倒れこんでいきたくなる。世間に名が通るということは、女にとって、決して幸福なことではない。

本当にしたい仕事をする幸福と、有名になるということは、まったく次元のちがう問題であって、自我を自覚し、本当の生活の何であるかを知っている女ほど、つくられた虚名のむなしさ、わびしさは骨身にこたえているのである。

彼女たちに必要なのは、多くの男が、妻や恋人のなかに求め、見出すような、憩いと安らぎ以上の何ものでもない。

〝男まさりの女〟の生き方

『婦人公論』に載った女の歴史というリバイバル手記を読んで、私は佐多稲子《さたいねこ》さん＊2と畔上輝井《あぜがみてるい》さん＊3の現在の手記にたいそううたれてしまった。両方とも、現在の私自身に、かかわりのある心境につながっていたせいもあるけれど、女一般の問題としても、十分考えさせられるものをふくんでいた。私は佐多さんの『くれない』という小説は、現在の仕事を持つ女たちに、もっともっと読まれていい小説だとかねがね思っている。

「二十数年前、この文章を書き『くれない』を書き、今おもうと、先に挙げた大人っぽい見方というものに、当時ほどの反撥《はんぱつ》はないが、テーマにしたものそのものは、今日どうなのだろうか」

と佐多さんは述懐していられるが、このテーマは今も決してまだ仕事をもつ女たちのなかから拭《ぬぐ》いきれていない大きな問題で、何度もくりかえされ、思い直され書きつがれていっていい問題だと私は思う。

「夫の浮気を女房がさわぎながら、この女房は、夫を自分のところに取りもどそうとしていないのである。取りもどそうとおもわないままに七転八倒している」

この女の嘆きは、自我をもつ女の前向きの姿勢としては、それがどんなに痛々しくみえても、見事な、正しい姿勢であるはずだし、世の中が当時より、いくらか広くなり、女の自由が当時よりいくらか得られ、女は強くなったと思われている今にしても、誠実に生きようとする働く女のなかには、今でもかならずおそってくる悩みであり、そのときになれば、やはり七転八倒する苦しみであるようだ。

これとまったく対照的なことばを畔上輝井さんは書いている。

「妻の座を失った後の哀しみは、私がよく知っています。その自由は決してよろこびではなく、不満と孤独でしかありません」

くりかえし女ひとり生きることの悲しみを訴えている。佐多さんの仕事が小説を書くということで、畔上さんの仕事が料亭経営ということだということも、この二人の孤独となった男まさりの女の、後半生の生き方や心境に大いに作用しているだろう。

佐多さんが、当時も今も、個人の幸福を社会という大きなものの中に押しひろめ、あるいは、すべての個人的な考え方を社会という大きなものの上に立ってみる生き方や考え方を確立しているのにくらべ、畔上さんは、直接には政治というもっとも社会的な機構のなかに身を投じてその渦《うず》にまきこまれていながら、政治を通して世の中をよくするというのは、あくまで、夫有田氏の思想のうけうりであり、畔上さん自身は、本質的には可愛い女で、惚れた男が、たまたま政治家であったため、政治で世の中をよくしようと思い、有田さんを選挙に勝たせようとして七転八倒するのも、惚れた男を世に出したいという滝の白糸的女の純情の発露に外ならないのである。

それほど立派な政治家の有田さんが当選するために、なぜそんな莫大《ばくだい》な借財が残されるのかということが、門外漢の私たちはまず浮ぶ疑問であるのに、そのことには畔上さんはあんまりふれようとしない。

そんなことより、惚れた男のために、無我夢中になって、力のかぎり、かけずりまわり、狂奔《きょうほん》せずにはいられない畔上さんの「女らしさ」の「女そのもの」の姿に、炎を背負ったような美しさを感じるのである。

男まさりの仕事をやりとげて、別れた男にも今もまだ仕送りし、季節ごとにひそかに衣類をとどけずにはいられない畔上さんの女らしさは、女の愚かしさにそのまま通じるものだけれども、佐多さんが、七転八倒のなかから仕事を通してぬけだし、公の席上で、別れた夫と逢っても、窪川《くぼかわ》さんと堂々と呼びかけ、会議の意見もたたかわせるという淡々とした心境と、それは、表裏一体のもので、決して無縁ではないと思う。

残された仕事を後世の人が見るなら、佐多さんは別れた夫よりも、たしかに男まさりの立派な仕事をのこした女傑のように思われるかもしれない。

畔上さんも、般若苑《はんにゃえん》が残るかぎり、その名前が思いだされ、この庭を女の幸福とひきかえに守りぬいた男まさりの女傑として記憶されるだろう。けれどもこの二人の女傑の、何とまあ、女らしいことか。

ヘマをやらない賢明な妻

私は佐多さんには仕事の上の尊敬する先輩として親しくしていただいているから、

なおのことよくわかるのだけれど、現在の女流作家のなかで本当に女らしい女というのは、平林たい子さんと佐多稲子さんではないかとかねがね思っている。女らしさの質がこのお二人においては少しちがうのだけれど。

　佐多さんは趣味のいいもので身の廻《まわ》りを統一して、美しく暮らしていられるし、着物にだって羽織の紐《ひも》にだって神経をゆきわたらせた女らしさを匂わせている。

　畔上さんともパーティーの席で二度ほどお逢いしたが、前髪を紫にそめて、高価な訪問着をつけた畔上さんの小柄な和服姿は、やはり女そのもので、どこにも男まさりの、「やり手」という感じなどは見うけられなかった。

　髪をごましおのひっつめにし、斜子《ななこ》のはんてんでもひっかければ、お豆腐の入ったお鍋をかかえて横丁から走りだしてくる下町のおかみさんのような、暖かい親しみのある人かもしれないと感じた。あけっぴろげな笑顔は、素直な人のよさをむきだしていた。

　本当の男まさりの女というのは、決して、世間に名前を知られるような、あるいはマスコミの暴力にまきこまれるようなお人よしではないのである。身の恥も、家庭のいざこざもたちまちさらけだし、電車のなかのぶらさがりの広告に、その恥をさらしものにするような不用意な女ではないのである。

有名な、あるいは無名な男の、かげになって、じっと、男の手綱《たづな》をにぎり、男の能力をはかりながら、適当におだてあげたり、けしかけたり、必要な餌を適当に与えたり、ときどき、精神と肉体の緊張をうながすためけんかをふっかけたりしている「幸福な家庭の妻」たちこそ、男まさりの女の名にふさわしい女類である。

そういう賢明な妻たちは、決して、身を誤って新聞や週刊誌の実話にとりあげられたりするようなヘマはやらない。

まして、婦人雑誌の広告を見て、手記や小説を書き送り、あわよくば一攫千金、一夜あくれば流行作家などという夢を描いたりはしないであろう。

しっかりと夫という馬の手綱を手の内にして、緩急自在あわてずさわがず、夫のちょっとした浮気などにもさらりと対処し、情熱過剰で馬鹿純粋な、多くの「有名な女」たちのような、下手なさわぎ方は決してしないであろう。

真に、「男まさりの女」とは、こういう無数の、世にその名も知られていない夫の姓だけで通用する無名の女たちなのである。

＊1【大宅壮一】評論家。進歩的視野をもつ独特の論法で、社会評論家として活躍。「一億総白痴化」「駅弁大学」など、多くの流行語をつくった。一九〇〇年～一九七〇年。

＊2【佐多稲子】小説家。『キャラメル工場から』でプロレタリア作家として出発。共産党に入党するがのち除名。『くれなゐ』などの作品を発表。一九〇四年～一九九八年。

＊3【畔上輝井】昭和期に設立した、多くの政財界人に愛された料亭般若苑の社長。一八九六年～一九八九年。

自分の内からあふれる愛

〝男と女が逢うことよりも、男と女が別れることの難しさを思う。私は、怨《うら》んで責めて泣いて憎んで、その果てにようやく別れというものが訪れる気がしてならない〟

尽されるということ

女流文学者の集まりの席で、その場にいなかった宇野千代さんのことが話題に出た。宇野さんの作品が問題にされたのである。その作品は二十五年以上もつれそったあげく、離婚した北原武夫さんとのことを書いたもので、短篇《たんぺん》をいくつも重ねるという、じっくりした仕事ぶりで宇野さんはそれを発表されている。

宇野さんは北原さんと結婚される前にも、幾人かの人と結婚し、離婚した経験を持つ方である。それだけでも普通の人から見れば、複雑で数奇な人生を送ったと思われるのに、もう六十八歳という今になって、二十数年もつれそった十いくつも年下の夫と離婚するということは、普通の常識では傷ましく気の毒に感じられるのである。ある人は、宇野さんのその小説を読んで泣いたといい、また別の人は同じ題材を夫の側から書いた北原さんの小説を読んで涙がこぼれたと話した。

どちらも、そこに書かれた別れを夫からいい渡される老いた妻のいじらしい心情と、あわれな境涯《きょうがい》に同性としてうたれたという意味であった。私もその宇野さんの小説はかかさずずっと愛読してきた。

女流文学者の集まりに時たま姿を見せる宇野さんは、とても六十八歳などとは信じられない若さで、白い華やかな頬の瑞々しさも、ブリーチした、若々しいかつらのよく似合う頭も、御自身デザインの目のさめるようなコバルト色の綸子《りんず》に銀色の刺繍《ししゅう》で大きな花を描いた訪問着も、宇野さんならではの華やかさとシックさで、躯《からだ》にとけこませていられるのだった。ピンク色の頬紅もローズ色の口紅も、宇野さんだからこそ似合うのだという不思議な、不死鳥のような美しさを保っていられるのだった。その華やかで美しい宇野さんは、笑顔さえこれまでよりしばしばみせられるようになっていた。

物を書くという辛い仕事に同じようにたずさわるだけに、私たちは宇野さんの破鏡が他人事ではなく感じられていた。

離婚の経験を持つ人も多く、一人の人との結婚を完《まっと》うしている人でも、世の常の主婦よりは激しい屈折をへて夫に向かっているという人が多いので、宇野さんの離婚は、そのまま私たちの愛の記憶になまなましい血をにじませるような気がするのだった。けれども私たちは現実の宇野さんの不幸よりも、それを昇華しきって、すばらしい香気のある文学に生まれかわらした宇野さんの文学的力量に圧倒されてもいたし、羨ましさも感じていた。

「宇野さんは女の中の女なのよ。男の人を好きになると、じゃが芋の皮から自分でむいてお料理せずにはいられない人なのよ」

宇野さんの旧い友だちの誰かがつぶやいた。

「尽したくて尽したくてしようがなくなるのね。ところが男はあんまり女から尽されるとうるさくなって、かえって逃げだしたくなるようね」

「いやあだ。あたしなんかじゃが芋の皮はおろか、御飯たいてやるのも面倒くさいわ」

そんな話が次々とびだしてくる。結局その場にいた十何人かは、ほとんどが宇野さんの尽したがりの性質を美しい羨ましいものにいい、けれども、そこが男と別れていく原因なのかもしれないとつぶやくのであった。

いつも充《み》たされない女の心

私は、そんな話を聞きながら、たまらなくなった。私もまた、好きな男が出来ると、じゃが芋の皮から自分でむいて食べさせたい方である。出来ることなら、足袋《たび》や靴下も自分ではかせてやりたい、男の足を自分の膝にのせ、そののびた爪をつんでやるのは何と幸福だろう。耳垢《みみあか》も人まかせになどは出来ないではないか――。

そんな私の愛情は、あふれすぎ、過剰ということは、物足りなさと同様に、人には違和感を与えるようだった。

まるでほどよい風呂の湯がすっぽり人の全身を包むように、自分の内からあふれでる愛で、愛する男のすべてをすっぽりと暖かく包んでやりたい激しい欲望は、いつでも私のなかを乾かせ、充たされない想いでいらいらさせてくる。

男はそういうタイプの女に逢うと骨なしになって怠慢になるか、自己嫌悪におちいってそのぬるま湯の中から逃げだしていく。

どちらも私は欲しないのに、結果的にはそんなことが繰りかえされる。

そうしてまた、何度繰りかえしても、男と女の間の愛情には馴れるということがなく、過去の経験は、その特定の男にしか通用しないもので、新しい恋に向かう度、女ははじめての恋にめぐりあったと同様のときめきと興奮になげこまれてしまう。

どうやら、そんな感情は年齢とは関係がないらしい。

宇野さんは小説の中で、裏切られた夫への憎しみをひとかけらも書こうとはしない。同じ題材を扱った北原さんの小説の中に、妻にすまないとか、自分は悪い男だとかしきりに加害者めいたことばを書きながら、その本心は、自分の新しい恋人の若さと純情をつとめて宣伝し、別れた妻の老醜《ろうしゅう》と、みじめさを行間にあふれさせているのと比べ、宇野さんの小説は何と、別れた夫にやさしく、ひかえめで、自分の身を卑下しすぎるほど卑下していることだろう。

男と女が逢うことよりも、男と女が別れることの難しさを思う。

互いに相手を傷つけないで人と人が別れるなどということが、ありうるだろうか。私は、怨んで、責めて、泣いて憎んで、その果てにようやく別れというものが訪れる気がしてならない。

人に愛された想い出より、人と別れた想い出を持つ女の方が、しっとりと魅力的なのは、その女が心底から人を呪い人を憎んだ苦しい経験をへて、人を許すことを識《し》っているせいではないかしらと思う。

仕事を持っていると、私はあふれ狂奔した男への愛も、やむなくセーブされ、私は、好きな男のために、じゃが芋の皮をむくひまもない生活に逐《お》われている。

林芙美子《ふみこ》＊1さんはお茶碗《ちゃわん》の糸底で包丁をとぎながら、とんとんとなますをきざむのが上手だったたし、平林たい子さんは、いつでも気軽に台所にたち、玄人はだしのローストビーフなど、苦にせずすらすらとつくってくれる。

人の心の襞《ひだ》の中にわけ入り、女心の闇《やみ》の中に光をあて、小説を書いていこうとする女たちは、あふれる大きすぎる愛をたいていはもてあまし、その分量が現実の世界では、おさまりきれないので、自ら苦しみ、あえぎ、のこりを小説の中に注ぎこんで処理するという方法をみつけるのではないだろうか。女の作家たちが、その結婚の度数にかかわらず、どこか充たされない、きつい表情を笑顔の下にかくしているのを、私はもう一度見直すような気持であった。

＊1【林芙美子】小説家。さまざまな職業を転々としながら文学を志し、『放浪記』で文壇に出た。一九〇三年〜一九五一年。

手紙 **わたしからあなたへ**

後をふりかえらずに

ゆき子さん、お手紙拝見しました。御幸福に暮らしていらっしゃるとばかり思っていたのに、びっくりしました。でも、聡明なあなたのことですから、こういう結果を選ばれたのはよくよくのことでしょう。

あんなに愛し合って結ばれ、誰からも祝福された結婚だったし、可愛い陽子ちゃんまであるのにと思うと、残念な口惜しい気もしますが、人間の愛というものは、わがままな「いきもの」で、決して何年も同じ状態を保つものではないのです。

愛が頼りにならないはかないものだとわかっているからこそ、人は結婚の時、様々な誓いや約束の儀式を大げさにし、一人でも多くの証人にたちあってもらって、自分たちの愛の監視をしてもらいたがるのかもしれません。

多くを語らないあなたのお便りの中に、あなたのここまでたどりついた心の闘いのあとが、かえって痛々しく感じられて涙を誘われました。陽子ちゃんをつれての新生活に入る決心をされたこれからの生活を思うと、その困難さは、ここへたどりつく心の苦しみにも増すものがあるだろうとお察しします。

けれども、一度ひびの入った瓶《びん》は、いくらついでみても、醜い傷あとや、つぎ金具のむかでのような跡をとどめます。一応、水はたたえられて、用をたしても、その傷は、傷のなかった昔にはかえりません。

純粋なそして人一倍感受性の強いあなたが、その傷あとを見る度、思いだす心の痛手にいつまでも苦しめられるよりは、やはり思いきって腐った傷口から、すっぱりと手足を切りとるような思いきった大手術を断行なさった勇気に拍手したいと思います。

人生は何度でもやり直しが出来るものです。

そして人間は結局孤独なものです。孤独だからこそ慰めあう相手を欲しがるのです。あなたが、人生の第一の愛に破れたからといって、あなたの人生がもう終ったと考えるのだけはやめて下さい。尼僧《にそう》のような気持で、陽子ちゃんだけのために生きるなどという悲壮な考え方には私は賛成出来ません。

陽子ちゃんが成長した時、そんな思いつめた母の愛が重荷になりはしないかと心配です。どうかもっと、心を大きくもって、すべてを時間という医者の手にゆだねて下さい。

まだ今のあなたに、とやかくのことは言いたくありませんけれど、性急に、殻《から》をかぶって、自分を閉じこめてしまうのだけはよして下さい。どんな傷口も時間がいやしてくれますし、血をふく傷にもかさぶたがはり、それが落ち、あとには新しい皮膚が生まれているものです。

どうか、後をふりかえらず、前だけをむいて、新しい生活に自信を持って進んで下さい。

私の青春は戦争中だったせいもあって、女学校の時のクラスメートの大半が、未亡人や、離婚者で、無事に一度の結婚でおさまっている人の方が少ないくらいです。女子大のクラスメートは、もっと自分に生活力があるため、結婚生活が全《まっと》うし難いパーセンテージを示しています。

それでも、みんな今逢うと、辛い時代をきりぬけて、子供たちを育てあげたり、あるいは子供と別れて、新しい生活の中で生き直して、ようやく落ちついた雰囲気を身辺に漂わしています。

どの人も、心を開けば血のふくような傷を持っていますけれど、今ではそんな辛い想い出も、昔話として、友だちと平気で話しあえる心境になっています。

そして、正直の話、私は幸福に、平和に、いい夫に守られて来た奥さまの友人よりも、こうした辛い過去を持って、世間や自分自身と闘いぬいてきた傷だらけの友人の方に、話し甲斐と頼り甲斐を感じるのです。人生を識《し》っているのは、悲しみや苦しみにきたえられた人の方だとつくづく思います。

ゆき子さん、こういう不幸に遇《あ》うのが決して、あなたひとりの特殊な運命でないことを考えて下さい。あなたのように、今、耐えている人が無数にいることと、あなたよりもっと辛い運命に耐えて生き抜いた人も無数にいることを思って下さい。

私は今日雨の中を、『幸福《しあわせ》』というフランス映画をみてきたところでした。帰ったら、あなたのお手紙が雨にぬれて待っていたのです。

この映画は、二人の子供のある愛しあった夫婦の中に、夫に恋人が出来るという思いがけない新しい状況が生じることから始まります。夫は妻を愛しながら、新しい恋人にも一目で惹かれてしまいます。

一か月ほどして、正直な夫は妻にそのことを告白してしまいます。やさしい妻は、あなたが楽しいならそれでもいいと答え、夫を喜ばすために、夫の愛撫を受けいれ、その直後、二人の子供を夫に残したまま自殺してしまうのです。

妻をも愛していた夫は嘆き悲しみますが、何か月か後には、新しい恋人を妻の位置に据《す》え、死んだ妻の時のように幸福に暮し始めます。

観《み》る人の観方でどうともとれる映画です。

妻の純粋さに感動する人もありましょうし、愛のエゴイズムに愕然《がくぜん》とする人もありましょうし、こんな残酷な話はないと怒りを覚える人もあるでしょう。

死んだ妻の絶望が死に追いやられるほど深いものなら、そこまで追いやった夫がぬくぬくと幸福になるのを許せないという観方もありましょう。

でもやっぱり、死ぬのはどんなに美しくみえても敗北だということ、生きているものが勝だということをあなたのお手紙を読み終わったとたん、思いました。

陽子ちゃんといっしょに、死ぬのを思いとどまったというのを読んだ時、私には、あの美しい森の池に入って死を選んだ純粋な妻の死が、如何に、無意味なものかということがわかりました。

生きて闘うこと。それが人生だと思います。

私の女学校の友人に、終戦後から二十年の間に四度結婚した人がいます。世間はよくも性こりもなくと嘲《あざけ》った時期がありましたが、四度めの結婚をして、四度めにようやくめぐりあった性のあう、そして真剣に一緒に暮すことに情熱を示す現在のご主人を得た後の幸福な彼女の毎日を見て、今では誰も笑う人はいなくなりました。

自分が幸福になることに、あくまで貪欲《どんよく》だったその友人を私も尊敬します。

人生はあきらめてはならないのです。破れた靴は捨てるしかありません。でも人は必ず新しい靴をはいて、地をしっかりとふみしめていかなければなりません。はだしでは歩けないのです。

どんな靴も、やがては足になれて来ます。今のあなたの新しい生活の痛みが、一日も早く馴れてとれてしまう様に私は祈っています。そして心にゆとりが生まれたら、積極的に、また幸福を掴《つか》みとって下さい。

悲しみと苦しみは女を深め美しくするものです。そして本当の友人とは、逆境に立ってはじめて目に入り、近づいてくるものです。

一度遊びにいらして下さい。ゆっくりお話しましょう。

III　愛からの生き甲斐

仕事と愛に生きるとき

〝女が本気で仕事をやり抜いていくとき、そこに生きる苦しみと愛の懊悩《おうのう》が生じる。だが、それを乗り越えてこそ、ほんとうの生きる喜びが生じるものだと思う〟

女が働くことへの白眼視

女が仕事を持つ場合、まだ今の社会では、男より女にはるかに肉体的、精神的な負担が多くかかってくる。いつだったか女流文学者会の例会で、珍しく出席率がよくて、平林たい子さん、佐多稲子さん、円地文子《えんちふみこ》さん、今は亡き壺井栄《つぼいさかえ》さん、森田たまさんをはじめ、十数人の女流作家が集まったことがあった。

その日たまたま、話が岡本かの子のことから林芙美子の思い出話にうつり、彼女たちの生前の奇妙な癖や、生活が話題になった。

その結果、私たちが等しく感じたことは、男の作家は見廻すと、過去にも現在の人でも、なかなかすばらしいいい妻を持っていて、家のこともまかせっきりなら、子供の教育もまかせっきり、その上、秘書役から会計役、中にはマネージャー役までやっている妻がいる。それで男の作家は、小説に専念する以外は何に気を使うこともなく、また妻の愛情に甘えて、家の外に気分転換と称して、恋人の一人や二人持つことも多い。仕事が仕事だから、一週間に二回は妻以外の女二人と浮気をしないことには神経がはりつめ、疲れすぎて、いい仕事が出来ないという流行作家もある。

ところが、女の作家の場合をふりかえると、日本だけを例にとっても、名をなした女流作家のほとんどは、結婚に失敗しているか、あるいははじめから結婚しないか、結婚していても、本当に夫婦らしい夫婦でないとかいうことが多いのである。もし、女流作家が、仕事で気づまりだからといって、夫以外の男と、浮気でもしようものなら、どういうことになるだろう。

たちまちその女流作家は週刊誌にスキャンダルをすっぱぬかれ、世間の指弾《しだん》を浴びることになる。男女同権をいくら女が叫んでみたところで、まだセックスにおいては、女は男同様には解放されていないし、世間の強い監視をまぬがれることは出来ない。

「私たちの時代は、女が二階に書斎を持っているというだけで、あそこの女房は亭主の頭の上で仕事をしているというて悪口をいわれたものでしたよ」

「そうそう、うちなんか、子供が学校から泣いて帰るので、どうしたのかときくと、お前んとこじゃ、かあちゃんの方がとうちゃんより稼《かせ》ぎがいいんだってなって、友だちにいじめられたっていうんです。大人がそういってるのを子供が聞いたんでしょう。女が働くということは、もうそれだけで白眼視されていましたね」

「あたしたちだって、亭主が外に出る時は洋服をきせかけたり、靴をそろえたりしましたよ。それから亭主の友だちがくればお茶なんか出して、おじぎだってしましたよ」

みんながそこでどっと笑ってしまった。要するに、そういう話をする先輩作家のほとんどが、離婚し、傷ついている。

仕事と愛との板ばさみ

たまたま、話が岡本かの子と林芙美子の話になっていったのも、二人が女としては思う存分の仕事をし、そのかげには岡本一平、林緑敏《りょくびん》という、稀有な良き夫の内助を受けていたからであった。

岡本かの子は、夫との間に十年ちかい歳月、性ぬきの夫婦生活をし、その間、恋人を夫に公認させ、三人まで家庭にひきいれ、夫や子供と共に同居させたという常識では信じられない生活を完《まっと》うした。

そう聞いただけでは、不潔で不倫な感じを受けるが、事実は、夫一平の超常識的な広い愛に理解され、かの子は天性の感受性を何ひとつ、損なうことなく、堕天女のような天真爛漫《てんしんらんまん》さで、この異様な生活を純粋に生きることが出来たのである。かの子と一平の間に生まれた岡本太郎氏は、こういう母親をふりかえって、

「世間では、そういうかの子を化物扱いするし、何か不気味な怪物のようにいうけれど、彼等の関係は全然、不潔な感じではなかった。かの子は全く無邪気に一平の超常識的な広い愛を信じていたし、その愛の中におさまって、恋人をもひっくるめて一平に愛されて安心しきっていた。当時のわが家に、陰惨なものは何ひとつなく、実に、無邪気にそういう関係が保たれていて、一種の調和があった。明るいまことにのびのびした雰囲気だった」

と語っている。そういう母のふるまいを見ては、思春期にあった一人息子としては、最もショックを受ける立場の太郎氏がこういう言を出せるのだから、かの子と一平の夫婦関係というのは、稀有ということばでしか表現できないだろう。

林芙美子の夫の緑敏氏の言によれば、芙美子は緑敏氏と結婚してからも、

「相当浮気はしていたようですよ。私はとりたてて聞かないし、向こうもその時はいわないけれど、やはり何となく感じますし、後になって色々と辻《つじ》つまの合わないことが出て来て、結局バレてしまうという形でした」

と語っている。

一平の場合も、緑敏氏の場合も、その態度は丁度、男の作家の妻がとっているような気がまえである。一平のように恋人の同居を許すというのは、作家の妻だって、めったなことでは実行し得ないけれど、男が作家の時は全く例のないことでもない。そういうことを話しあった後で、私は芸術座にかかっている私の『かの子撩乱《りょうらん》』を観て一層感慨が深かった。

芸術家というのは、生まれながら躯《からだ》にも魂にも悪魔《デーモン》を同居させている。その悪魔の魔力を参加させないかぎり、芸術の花が開かないとすれば、一緒に住む者は、一種のいけにえになるわけで、たまったものではない。

小説を書く女にとっては（私にとってはといい直すべきかもしれないが）、何より先《ま》ず、「小説」という絶対無二の夫があって、その夫の命令は至上命令で、どんな犠牲を払っても服従する。その余力でもって、生ま身の男と結婚したところで、その現実なり恋人なりは、第二義的存在になるし、ひらたくいえば男妾《おとこめかけ》のようなものである。それでいて、その現実の夫や恋人から全幅の愛を得ようとするのがもともと無理だし、虫のいい話なのだと思えてきた。

私の親友の女流作家は締切になると、上ずってしまって、最愛の酒好きの夫のために、お酒のつもりでまちがえてお酢をおかんして、夫をしょげさせたという逸話を持っている。芸術家でなくても、女が本気で仕事を持つ場合、仕事と愛との板ばさみになって悩まねばならないことは、この社会制度のもとではまだまだ長くつづくことではないかと思う。

女そのものの正体

〝女の毒にあてられた傷はいやされる。けれども女の純情に殺された男の生命は、もはやよみがえらない〟

男喰《ぐ》いの性《さが》の女

約十一億円の不正融資で世間の耳目をそばだたせた千葉銀行事件のヒロイン坂内ミノブさん（53）が、東京高裁で開かれた控訴審公判で「無罪」の判決を受けた。東京地裁の一審では懲役三年の刑の判決を受けた事件である。

伊皿子《いさらご》御殿の女王と呼ばれるほど、庶民の生活とは縁遠い豪華な生活を送っていたこの辣腕《らつわん》の女実業家の事件は、千葉銀行の元頭取古荘氏との特別な関係も想像されて、他人《ひと》ごとと思って野次馬《やじうま》根性でみれば、とにかくドラマチックで、規模が大きくて、下手なテレビドラマなどみる以上にスリルとサスペンスに富んでいた。

事件当時、彼女の有罪をほとんど信じこんだ私などは、女が男をこれほどだませるものかと痛快がったり、だました女のたのもしさより、だまされた男の阿呆《あほう》さかげんがつくづくおかしく、千葉銀行に預金など一円もなかった関係から、闇から闇へ動いた十一億円に対する公憤というものに心がたどりつくまでには時間がかかった。と、いうより十一億はおろか、一億という金さえ、私たち庶民の生活とはあまりに縁遠く天文学的数字に思えて、実感が湧《わ》いて来ないというのが本音であった。

ところが、東京高裁の判決では、尾後貫裁判長が「銀行業務にシロウトの被告には責任がない。また借り入れ金と同額の担保がはいっている」というので無罪をいいわたしたという。その判決理由によれば、千葉銀行が融資したことに責任があり、したがって古荘元頭取（一審で懲役三年、執行猶予三年の刑が確定）に特別背任罪が成立しても、彼女に共謀の意思がない場合には責任はないという。

また彼女のもう一つの容疑である「公正証書原本不実記載、同行使」（融資のために不正な公正証書を作り使用した）に対しても、古荘頭取の指図通りにしたことで、彼女にはどんな罪になるかという認識さえなかったと、すべては古荘氏の単独犯行と断定された（古荘氏はさる二十五年から坂内さんの経営するレストラン〝レインボー〟の不渡手形買い戻し資金として四億四千万円の融資をしたのを始め、回収の見込みがないのに総額十一億円を融資した）。

もしこれを額面通り受けとるなら、日本の実業界などというのは、何とチョロイものだろうかとあ然とせざるを得ない。女社長などは、何も知らなくてもなれそうである。銀行側のいうままに証書に盲判をおして、金をかりだせるなら、誰だって、銀行におしかけていくだろう。これだけ世間を騒がせた不正事件が、頭取側だけの一方的罪でおさまり、女社長の方はすっきり無罪になったということが、真実なら、この女社長は、稀代《きだい》の悪女か、稀代の天真爛漫な善女かのいずれかだろう。

古荘氏という初老の紳士がこの女社長にめぐりあわなかったならば、こんな大事件はおこらなかったのだ。罪の決まった古荘氏は自業自得という感じにしても、古荘氏の家族の人々の悲痛な立場を思いやると、何だかわりきれない気がしてならない。銀行業務にそれほどまでシロウトで、銀行から十一億も金をひき出す能力があるという坂内ミノブという女史の正体について考えこまされてしまう。

聞くところによれば彼女の事件当時の家は、「伊皿子御殿」と呼ばれる千五百坪の大邸宅で女中三人、自家用車三台、家族の生活費は一か月百二十万円とか――。まったく、お伽《とぎ》の国の女王様のような生活ぶりである。そういう生活ができる神経と体力はやはり常凡の女性ではないだろう。

この事件は要するに一人の女が一人の男を徹底的に喰い、その社会的生命を殺してしまったということだ。

世に男喰いの性の女というのがある。何人男を変えても、男が死ぬとか、没落するとかで、終りを完《まっと》うせず、女だけが残るという運命をくりかえす女たちのことをいう。

坂内さんもたしか、結婚の経験者で、もうかつての夫だった人とは別れていたように覚えている。

恋の熱量が仕事の支え

女王蜂《じょおうばち》のように、雄はすべて自分に奉仕する存在と心得る女が、歴史上にもないことはない。女が世間を渡っていく上に、男を利用し、踏台にすることくらい近道で安易な方法もないだろう。その上、天性女は、男を釣《つ》りあげる肉体という便利で万能な餌を持っている。どんなにしとやかぶった女の中にも、心の底の底をのぞけば男に奉仕させる自分を夢みているし、その自覚がたとい眠っていても、何かの機会に、突然目覚めるという可能性を十二分にかくしている。

娘時代は、まったくおとなしい一方だったが、結婚していつのまにかすっかりしっかり者になり、夫を完全にお尻にしいているという例も世間にはざらにある。

たとえばクレオパトラなどは、あらゆる権謀術策を用いて、敵将を次々にじぶんの肉体の魅力のとりこにし、国を守ろうとした。

大衆小説のドラマのヒロインには、近頃よく出てくるタイプの女である。ところが男にとって、本当に怖い男喰いの女というのは、こういう女たちではないようだ。

自分の美、自分の魅力を十二分に知って、それを武器にする女の行為にはすべて打算がつきまとっている。

打算は、収益の採算さえあえば目的は達しられるのだから、最後のところは互いにドライに割りきりあうことができる。つまりことがバレた時は、「ああ、あれは見せかけの愛だったのか」と可愛さあまって憎さが百倍、百年の恋も一瞬にさめはてるというものだ。女の方もバレてしまえばふてくされて、堂々と居直ってしまう。だまされる方が馬鹿なのであって、男はせめてもの面子《メンツ》を保つために、あんまり見苦しい別れぎわは見せまいとする。結局、女のだまし得、利用し得ということで終ってしまう。

ところがもうひとつ、始末の悪い「男喰いの性」の女がある。

たとえば山田五十鈴《いすず》＊1さんの例をとってみても、彼女はこれまで世間にひろまっただけでも、指折り数えねばならぬほど、堂々恋愛遍歴をしてきた。

新しい恋人を得るたび、彼女はそれまでの地位も財産も実に惜しげなくすっぱすっぱとふり捨てて、新しい恋人の胸にとびこんでいる。私たちの目や耳に伝わる彼女の新しい恋は、いつでも何だか、それまでの恋より社会的には惨めになるような感じのするものばかりである。少し、りこうな考え深い女ならば、はかりにかけてみて決して取らないだろうと思う方に彼女は猛然と突進していく。

彼女のそういう時の行動ほど、恋は思案の外ということばを如実に感じさせてくれるものはない。そこにはおよそ打算やかけ引きのひとかけらもない。燃えずにおさまらない女の愚かしい、けれども純粋な、恋の炎だけしかない。

そうした相手に選ばれた男性は、果して幸福だろうか。いつでも私たちの目に映るのは、新しい恋を得ていっそう照り輝く、女優山田五十鈴であり、男の影は、彼女の恋人という名前になり、人格が半減してしまう。いつのまにか影を薄め、彼女が次の恋を得ると、ほっとよみがえったり、ぐったりついえてしまったりする。よみがえっても、もはや、彼女の恋心をかきたてた時のような、張りも魅力もなくなっている。要するに、美味しいところは、彼女の人一倍盛んな生命力に吸いつくされ、ひからびてしまっているのだ。

同じような例がリズ・テーラー[*2]の上にもいえる。世間は、彼女たちを、責めることが出来るだろうか。二人とも一日として、恋がなくては生きていられない女であるようだ。

あれだけの仕事をし、なおかつ、恋がほしいなど、よくよくエネルギッシュなのだと想像するのは、読みが浅いのであって、あのエネルギッシュな仕事への情熱も、また恋の熱量によって支えられているのである。

よく、男は、恋愛中はそわそわして、仕事が手につかないなどという人もあるが、女、ことに、彼女たちのような男喰いの女は、男という餌を噛《か》みくだいている恋愛中こそ、いきいきと活力にみち、生きる張りと希望に燃えているのだ。

山田五十鈴やリズ・テーラーを、浮気女、多情女と呼ぶのは簡単だ。けれども、誰も彼女たちの恋には打算がないのを認めないわけにはいかない。

それは突然、彼女たちの上にふりかかり、彼女たちがその日の朝まで夢想さえしなかった恋の中へ叩きこんでしまうからである。

打算がないからようやくそこに救いが生じる。彼女たちはそういう意味ではまったく一人の「可愛い女」にすぎないのである。

男が捨てておかない女

可愛い女ということばが、これほど普遍化されたその源は、いうまでもなく、チェーホフの小説『可愛い女』にあった。

オーレンカという気だてのやさしい、物静かで善良で、ぼってりしたばら色の頬と黒いほくろのある白い柔らかな首すじをもった娘は、しょっちゅう誰かしら好きで堪らない人がいなくては生きていかれない。最初の夫は遊園地の経営主、次の夫は材木商、二人とも夢中で愛するオーレンカを残し、思わぬ病気であっさり死んでしまった。三番めの男は結婚しなかったけれど獣医だった。オーレンカは、どの男の時も、全身全霊をあげて相手を愛しぬく。素直で無色透明な硝子《ガラス》ばりのような心の持ち主のオーレンカにとっては、いつでも愛する男が全宇宙であり、じぶんの生命であり、男の意見がそっくりそのままじぶんの意見であった。最初の夫の時は、芝居小屋にかける出しものや見物のことしか語らず、二度めの夫の時は夢にまで材木にうなされるという傾倒ぶりで、三度めの情夫の時には誰彼のみさかいなく牛や羊のペストの話ばかりしかけていた。最後は情夫の息子の小学生に母性愛をかきたてられ、子供の教科書を読む声がそのまま彼女の意見になった。

誰もオーレンカのような女をふしだらで無貞操な女とは思わず、「可愛い女《ひと》」といわずにはいられない。

こういう女のひとつの典型をチェーホフは見事に書きのこした。男から見れば、可愛くて仕方がない、かばってやらずにはいられない、頼りない、いじらしい女の姿――男にとっては永遠に理想の女が、こういう質の女なのは、誰でも認めないわけにはいかない。

そして気がついてみまわせば、世界中どこにでも、なんとこういう女がたくさんいることだろう。女が生活能力をつけることをはばまれていた日本では、特にこういう女が最大公約数を占めていたのではないだろうか。

ところで、オーレンカの夫は次々と死んでいる。三人めの男は、遠い地へ転任するという形でオーレンカのもとを逃げたばかりに永らえたけれど、やがて帰ってきた時は、もう昔の颯爽《さっそう》とした姿も魅力も失っていた。無邪気な女の、無意識にふりまく生命力の強さほど怖いものはない。

女の生涯に、男を何人か変えなければならないということは、もうそれだけで、女が女としての平穏な生活の軌道からはみ出したことであり、厳密にいえばアウトロウの側におちたことになる。

誰も女は最初から、生涯に何人もの男の肌を知ろうとは思わないであろうし、幸福で平坦《へいたん》な道を求めているはずである。にもかかわらず、何人かの男を遍歴しなければならない女たちを見ると、そこに一つの共通点を見出すことができる。

惚れっぽいこと。信じやすいこと。淋しがりやであること。忘れっぽいこと。純情であること。情熱家であること。エネルギッシュであること。打算がないこと……。

こうしてあげてみれば、男がこういう女を捨てておけないのは当然である。彼女たちは知らず知らず、男をひきよせる甘い匂いをたて、花粉を待ちうけて、年中しっとりと濡《ぬ》れそぼっている。

男にとってこんな可愛いペットがまたとあるだろうか。

「馬鹿だけれど可愛い」と男はよく、こういう種類の女たちを批評する時に使う。そういう時、男は女の中に「女そのもの」の正体をみたように思う。優越感と保護意識が彼を幸福にする。

男にとって本当に怖い女

生活能力があろうが、特殊技能を持っていようが、こういう性《たち》の女の中には、永遠に育ちきらない童女性が棲《す》んでいて、いつまでも定まらない危なっかしい足元でよちよち走りつづけている。

それをみつけ、危ないと思ったが最後、男の負けである。

赤ん坊があの小さな指でもぞもぞと手さぐり、しっかり相手の肌に全身でしがみついた時、誰がその手をふりほどき、つきとばすことができようか。可愛い女の永遠の童女性にとらわれた男たちが、しだいに生命を吸いとられ、やせほそるまで、女のためにつくさずにはいられなくなるのはやはり宿命というよりほかない。

無邪気の罪ほど慄然《りつぜん》と恐ろしいものはない。子供が爆薬に火をつけたり、井戸に毒を投げこんだりすると同じような怖ろしさが、可愛い女の純情な恋の中にはひそんでいることを見逃せない。

本当に男にとって怖《おそ》ろしい女は、権謀術策の男たらしでも、打算と欲のかたまりの女王蜂でもなく、一見純情可憐、捨身の情熱と、無償の愛を捧げて、盲目的にしがみついてくれると見える「可愛い女」なのである。

女の毒にあてられた男の傷は、女がいやしてやることができる。

けれども、女の純情に殺された男の生命は、もはや女がよみがえらせることはできない。一応よみがえったかに見えていても、彼の心はすでに死灰にみたされていて、平和の影をなぞっているにすぎない。

今夜、私はたまたま二人の美しい女優さんに逢った。

岸田今日子さんであり、嵯峨《さが》三智子さんであった。

岸田さんは、自分は何も家のことはできないから何ひとつしない。御主人の仲谷昇さんは、そういう岸田さんをはじめから愛していて、何でもしてくれたがって何もさせないと、幸福そうにいった。いかにも嫋々《じょうじょう》として可憐で、あどけなく、見るからに男たるものは、思わずその細腰を支えてやらねばならないような気分にさそいこまれる魅力にみちていた。彼女の言ってることばは、まったく、無邪気な可愛い女オーレンカのおのろけを聞いているようであった。そのあと逢った嵯峨三智子さんは、岸田さん以上にさらに嫋々とした女性で、けしの花のようなもろい妖《あや》しい魅力にふるえていた。彼女は、これは内緒だけれどと、声をひそめ、私の耳にささやいた。

「愛なんて、信じられないわ……。ある人があたしのために死んだ時、本当のところ、悲しみなんかなく、勝利感だけのこったの」

私は、二人の美女の話にどちらも公平に深くうなずいていた。

ひとりになった時、不思議なことに、私には、男がなくてもやっていける新しいタイプの女を感じ、嵯峨さんこそ、あの可憐な唇《くちびる》をもれた不敵なささやきがまだ耳にのこっているのに、世にもいとしい「可愛い女」オーレンカの生まれかわりのような気がしてきたのである。私は霧の深い夜、もしかしたら、二人のいたずらな妖《よう》精《せい》に夢をみせられたのだろうか。

＊1【山田五十鈴】女優。『浪華悲歌』『祇園の姉妹』で好演し、地位を確立。後年はテレビドラマや舞台でも活躍。文化勲章受章。一九一七年～二〇一二年。
＊2【リズ・テーラー】エリザベス・テイラー。「リズ」の愛称で親しまれた、英国出身の女優。『バージニア・ウルフなんかこわくない』でアカデミー主演女優賞を受賞。華やかな結婚歴を持つ。一九三二年～二〇一一年。

人間の愛欲の本能

〝結婚とは、自信のなさを神に誓い、大勢の証人をたて大袈裟にお金を使い、自分たちの愛の不変をデモンストレーションするものだ〟

情事を愉しむ誘惑

世の中というものは、男と女の愛だ、情事だというようなことだけで動いているものではない。

もっと大きな社会的な問題、たとえば世界戦争、宇宙管理、人種問題、思想問題、宗教ｅｔｃ……など、考え、懼《おそ》れ、憧れなければならない大切で切実な問題にぎっしりとりかこまれている。それらの事柄に比べたら、男と女のあいだのいざこざなんか、まったくとるにも足りないミミッチイ問題にすぎない。

そのくせ、人間は劫初《ごうしょ》＊1以来、一向に変わらない一つの原型となった姿勢で、一対の男と女の愛を確かめ合わずにはいられないもののようだ。

ソ連に行った時、あの国で、男女の三角関係の小説が熱心に読まれ、大真面目で議論されているのをみて、一種の愕《おどろ》きにうたれた。けれども考えてみれば愕く方がおかしいので、どういうふうに社会制度が変ろうが、文明が進歩しようが、人間の「心」という問題にしぼったら、何千年も変らないできたことが、そう一挙に変るはずもないのであった。

離婚とか近親相姦《きんしんそうかん》とか、女系家族とか、一夫一婦制とか、その時々の人間の都合によって、男女の間の性の道徳とか、約束ごとは変ってくるものだけれど、愛する相手を独占したいという、人間の愛欲の本能は、ずっと一筋の道を貫いてきている。

変りやすく移ろいやすい「愛」だということを、人間は本能的に識《し》っているからこそ、さまざまな約束ごとで互いの愛を縛り、つなぎとめようと努力する。

結婚という契約がそれで、人間は自分たちの愛の自信のなさに本能的に脅《おび》えていて、神に誓ったり、大勢の人を証人にたてたり、二度と繰りかえすのはこりごりだと思うほど、大げさにお金もつかって盛大な披露宴をはり、自分にも相手にも世間にも、自分たちの愛の不変をデモンストレーションしてかかるのである。

それにもかかわらず、「妻の座」というものは、一向に強固にならず、年々歳々、わが国などでは離婚は増大しているし、妻子ある夫が、突然、別の愛人に走り、世間を愕かす事件は後をたたない。

結婚しないで、妻子ある男と愛で結ばれ、いわゆる「愛人」の地位に甘んじ、三角関係をつづけている女がずいぶんと増えてきた。

それは、登録された「妻」のように、正確に数字を上げることは出来ないけれども、実際は世間や妻たちが想像している以上に、その数は多いのではないだろうか。

男が妾《めかけ》を持つということは、今でも関西の一部では、男の甲斐性の一つのように考えているところさえある。封建時代の名残りで、働きのある男が、妻子に生活上で経済的不便を与えないかぎり、二号を置こうが、三号、四号を持とうが、仕方がないという見方がつづいてきたのである。

ところが、現代の「愛人」たちは、男から経済的負担を仰がないで、自分の能力で、自分の生活をまかない、愛の場においてだけ、男を必要とする女が多い。

妻にとって、こんな始末の悪い相手はないのである。

ことの始まりは、どういう事情だったにせよ、女が他人の夫と、愛人関係を継続しようと決意した場合は、それがたとい世間に知られていようが、かくされていようが、彼女自身は、その瞬間から、いわゆる世間の陽の当る大道からそれて、アウトロウになることを選んだのであるから、怖いものなしになってしまう。

世間の評判、非難を気にしていてはとれないそんな行動をとる女は、優しい顔をしていても、芯《しん》はきつくて、情熱的なのであり、自我が強く、決断力と行動力を持っている。もちろん、心は感受性が強く、肉体的にも敏感であろう。こういう女が男にとって恋愛の対象としては絶好なのはいうまでもない。

男に伍《ご》して、生活能力があるということは、どういう種類のものにせよ、一応彼女がある種の独自の才能に恵まれていることの証明にもなる。

世の中と闘っているために、常に刺激をうけ心身とも彼女たちは実際の年よりは若々しい。自分を実質以上に美しく魅力的に見せることも、自然に覚えこんでいる。こういう女と特定の関係を結び、退屈する男はまずいないであろう。

ましてその男が、もうすでに何年か結婚生活をつづけており、結婚生活ないし家庭というのを維持し、継続していくことが、経済的にも精神的にも、なかなかの努力のいるものであり、想像以上のエネルギーをしぼりとられるものであるということを身にしみて感じはじめた頃であれば、なおさらである。

金がかからず、むしろ、たまには飲ませてくれたり、気のきいたプレゼントさえしてくれる、妻より若々しい（実際には妻より自分より年上であっても）女と情事を愉しむことができるならば、男は万一、ことがバレたときの妻のヒステリーなど、ものの数とも思わない誘惑を覚えるであろう。

不思議なことに、男は家庭の体面さえ破壊しない以上、たとい、情事の場でどんな破廉恥《はれんち》な、正道から逸脱した行為をとろうと、世間は大目に見のがしてくれるし、身辺を脅かされるようなことはない。とくにキリスト教に縁の薄いわが国においては殊更《ことさら》そうである。

奪ったものの誇りと自信

「愛人」と自認している女は、いわゆる二号でもなければ、情婦でもないと、自分では思っている。もう手垢《てあか》のついてしまったゼロ号という呼び方の軽々しさにも満足しない。

「愛人」というのは、いかにも、男女対等のようなさわやかなひびきがあって、彼女たちのうちにある無意識のコンプレックスを慰めてくれる。

世間を捨て、道徳の枠《わく》からみずからはみだしたつもりの彼女たちのうえにも、従来の歴史が積みかさねてきた古い生活感情というものが残っていて、それは潜在意識下で、始終、彼女たちを脅かし、苦しめているのである。

それだからこそ、彼女たちはいっそう必要以上に、男から金品を受けとるまいと固くなり、男の「妻」や「家庭」に対し殊更に無関心を装おうとする。

それらはすべて、彼女たちのコンプレックスの裏がえしにすぎない。

彼女たちは、嫉妬するということを極度に自分に戒めている。嫉妬は被害者の特権であり、少なくとも自分は加害者だという誇りだけで彼女たちは支えられているのだ。

嫉妬される立場の危険は受けいれても、嫉妬する側の惨めさには我慢がならない。この世で一人の男を中にはさんで、あらゆる優位な保証を妻に与えっぱなしにしている上、嫉妬までさせられてはやりきれないという誇りがある。盗人《ぬすっと》たけだけしいと陰口をきかれようと彼女たちにはこたえない。はじめから、陰口や非難は覚悟の上での行動なのである。

妻が嫉妬でたけりたつほど、男の自分への心の傾斜の度がはかれるようで、彼女たちはほくそ笑む。

かといって、内心まったく彼女たちが嫉妬しないかといえば、大ありである。妻の何倍か、うらみつらみの深い嫉妬を、相手にも自分にもひたかくしにかくしているにすぎない。

彼女が何より我慢できないのは、自分の前にいる彼がこれほど自分に夢中になり、燃えているにもかかわらず、いざとなると、妻や子を決して捨てようとしない厳然とした事実である。

　男は必ず、情事のある機会に、妻も子も、この恋のためなら捨ててもいいようなことをくちばしる。ところがそのときは、互いの恋愛感情が最高潮のときなので、女の方は、たいそう充たされた寛大な気持になっており、奪ったものの誇りと自信から、男の妻の名目だけの座に、たいそう同情した不遜《ふそん》な精神状態になっている。

　そういう場合、女は決して、「じゃ、すぐ片をつけてしまいましょうよ」などとはいわない。ここまで決心をみせた男がいじらしくなり、もう一段と自分の寛大さ、愛の深さ、ひいては自分のかくれもない犠牲の重さを再認識さしてやりたくなってくる。そこでつとめて平静に、物わかりがよさそうに、

「私には仕事があるわ。ちょうどこの程度が一番いいのよ。お宅のあの人には、あなたを失ったその日から食べていけないんだから、まあゆっくり考えておあげなさいよ」

　などといってしまう。

　これがいかに心にもない虚勢だったかを思い知るのは、ずるい男が、もう決して

二度と再び、こんな危険な提案を口にしなくなってからのことである。

血みどろの嫉妬と疑惑

「愛人」の立場に甘んじる女たちは、「家庭」の不潔さ、空虚さ、ご都合主義などを口をきわめて罵倒《ばとう》するし、（心のうちだけでも）自分こそ、純粋で打算がない真実一路の高尚な人間のように思いこみたがる。

けれども、それもたまたま、相手の男と知りあったとき、すでに相手に妻子がいたという既成の事実があったからにすぎないのであって、なおさら、それでも相手の誘惑に打ちかてなかった、精神的、あるいは肉体的な弱みが、自分の方にあったからだということはあんまり認めたがらない。

一人で働いて自活している女は、妻子を養っている男程度に、社会から疲労して自分の部屋に帰りつく。そのとき待っている冷たい空気と、ひとり寝のベッドと、答える者のない独り言と、味気ない食事の淋しさとの、気の狂うような夜が何度かあったのだ。

それらはきれいさっぱり忘れて、世間の良識や、相手の妻たちに非難されると、自分の無限の自由とひきかえに、こんな屈辱の立場を選んでしまったのかと、ひとりで後悔するときがある。

男が家庭に帰っている間、妻を抱くのが止められないように、自分だって男と適当に浮気をしてみせればいいようなものだけれど、「愛人」という名に甘んじるような、お人好しで、ひとところ抜けたところのある女は、ことのほか貞節で、浮気のひとつもこっそりしておけるような気の利いたところは持ちあわしていない。

それができるような目先のきく女は、「愛人」などという何の益もない、犠牲だけ強いられる惨めな立場に、べんべんとおとなしくおさまってなんかいはしないのである。

たいていの「愛人」が、「愛人」の立場にようやくあきたらず、疑惑を抱き、自分の誇りも、意地もすてて、かつてあれほど軽蔑した「妻」の座にすりかわろうという考えを抱くのは、ただ時間の問題にすぎない。

正常な神経の持主の夫婦の結婚生活に、必ず倦怠期《けんたいき》が訪れるように、どんな熱烈な愛人関係にも、それが継続されるうちには、やはり倦怠期が訪れる。

皮肉なことに、一方、「愛人」というものの侵入のため、それまで倦怠期でだれきっていた夫婦の間に、急に活発な精神の交流がよみがえることが多い。たといそれが、血みどろの嫉妬と、猜疑《さいぎ》と憎悪のあびせかけのドロ試合であっても、何もおこらない無風状態の退屈さ、無刺激の怖しさよりは、ずいぶんとましなのである。

嫉妬や憎悪を通して、互いに相手を、卓袱《ちゃぶ》台や座ぶとんくらいにしか感じられなくなっていた妻や夫のなかに、改めて人間の息吹きを感じあうことができるようになる。

嫉妬に狂う妻や、わめく妻や、荷物をまとめめかかる妻のなかには、茶わんやスプーンが突然、口をききだしたような愕きと新鮮さを夫に感じさせるものがある。

愛が幻影に変るとき

たいていの夫は、孫悟空のように、妻の掌の上で浮気やアバンチュールを愉しんでいるにすぎない。だからこそ、「愛人」に敢然と子供を産ませるような「夫族」はめったにいるものではない。

妻がある上に、「愛人」を持とうとするような男は、およそ自制心の少ない男の標本と考えていいから、そういう男の八割は、不用意に「愛人」に子供を妊《みご》らせてしまうのである。「愛人」は、最初のころは、自分からさっさと子供を処分して、おおいに物わかりのいいところをみせたがる。

ところが、二度、三度と重なるうちには、本能的な自衛意識が出てきて、こういう危険を何度でもおかさせる男に対して疑惑と憎悪を感じはじめる。

そうなると、今まで思うまいとつとめてきた（思うことは自分を卑しめると考えてきた）相手の家庭や妻や子供のことが際限もなくこまやかな空想をさそってくる。

そうなると、押さえに押さえ、かくしにかくしてきたこれまでの嫉妬が、突如として堰《せき》をきっておとされ、荒れ狂いはじめる。

「妻をとるか、私をとるか」

「家庭を捨てるか、私と別れるか」

そう迫りはじめる「愛人」は、もはや物わかりのいい昨日までの「愛人」ではなく、糟糠《そうこう》の妻のような所帯やつれのした、嫉妬で目のふちにくまを作った悪鬼の形相《ぎょうそう》であり、くちばしることばは彼女が日ごろ問題にもしない長屋のおかみさん的卑俗そのもので、論理的も高尚さもあったものではない。

「愛人」は気づかないまに、すでに半分「妻」に変化していたのである。

人間が変るということを、男を通して、十分知っていたはずなのに、自分が変るということは、変ってしまった後も気づかなかった、いや気づこうとしなかったことに、はじめて否応なく気づかせられる。

「好きな男の子供を産み、男の力を借りずに、自分だけで育てることが、自分の理想だ」

そういうことを、多くの「愛人」たちは、自分の恋におぼれている最中にはいう。

けれども、実際に社会的な仕事を持っている「愛人」たちは、日本の社会機構のなかでは、こういう自由な立場をとれるまでにはなっていない。

多くの「愛人」たちは、何年か、何か月か、自分の長い淋しさを忘れさせてくれた恋の幻影にうつつをぬかした後で、苦っぽく、現実の立場の惨めさを悟る。その日から、もう一度彼女にほんとうの「心の闘い」と「社会の闘い」が始まるのである。

独占欲のない男女の愛が、どんな美名にかざられていようと、虚《むな》しく、はかない幻影にすぎないことを悟らなければならないのが、「愛人」という名の女に課される運命の試練と、本当の罰である。

＊1【劫初】この世の初めのことを指す仏語。

女の可能性を拡げる勇気

〝わずかな生涯にいささかの悔いも残さないことは、したい放題をすることだ〟

炎のような女

『葉隠《はがくれ》』に、

「人間一生は纔《わずか》のことなり、好きなことをして暮すべきなり」

ということばがあったが、宮田文子さんの生涯を思い浮べると、文子さんくらい、与えられた生涯を好きなことの仕放題《しほうだい》をして、いつでも自分を火のように燃やしつつくして生きた人もなかったと思う。

　お葬式の時弔辞《ちょうじ》を読んだ宇野千代さんが、

「文子さん、あなたはなぜ、もっと休んでくださらなかったのですか」と哀切な響きをこめた声で文子さんの霊に訴えかけていられたが、寸時も休むことが惜しいように、文子さんは自分の生を慌《あわた》だしく賑《にぎ》やかにこの上なく華やかに生きぬいて逝《い》ってしまった。同じく弔辞を読まれた平林たい子さんは、

「あなたが私たちの先輩として、女の可能性の幅を思いきって拡げて生きぬいてくれたことを有難く思います」といわれていた。

　現代女流の最高の二大作家に、これほど切々たる弔辞を読ませた宮田文子という人はそれだけの値打ちのある生を生きた人であった。

　愛媛県に駅長さんの娘として生まれた文子さんは、天性美貌に恵まれていて、小さい時から、人々に愛されていたらしい。十八の時、早くも恋愛して、無鉄砲な駈《かけ》落《お》ちを敢行した時から、波瀾《はらん》にとんだ生涯の幕が切っておとされた。時代は丁度、青鞜《せいとう》派の女人たちが世間に対して女の独立と権利を主張しはじめた時で、自我に目覚めた女たちが、一せいに立ち上がり、それまで男の従属物として定められていた

位置から、自分の立場をとり戻そうという気運がみちみちていた。

地方の町から、夢と野心に燃えて、気概と向上心のある少女たちが続々と上京していた。文子さんも大きく見れば、そうした時代の波が生んだ「新しい女」の一人といえないこともない。ただし、文子さんの場合は、青鞜の女たちよりも、もっと現実的に、自分の足と手で、自分の足場を掴《つか》みとっていく天性のバイタリティがそなわっていた。最初の恋は独立へのスプリングボードにすぎなく、女優を志して、松井須磨子[*1]に可愛がられたりしている。美貌はどこでも文子さんの運命を決定する時、大きく作用した。せっかく女優への足がかりを得た時、松井須磨子の死に逢い、挫折した。

次は新聞の婦人記者になっている。まだ女の記者の珍しい時で、ここでも美貌が必要以上に物をいって、たちまち、文子さんを有名にした。探訪記者として、各界へ単身化けこんでお目見えして住みこみ、赤裸々な探訪記事を書き、ジャーナリストとしても一応成功した。何度も結婚し、何度も恋愛し、子供も何人か産んでいるけれど、どの恋愛にも結婚にも文子さんの自由すぎる魂は安住することが出来ない。

どこへでも気軽に飛びだしていく放浪性があり、またどこででも、人に愛され、根をおろす雑草のようなたくましさがあり、文子さんは、いつでも自分の位置よりはるかな場所に見える青草の美しさに惹かれ、憧憬《しょうけい》の気持の衰えることをしらなかった。

武林無想庵《たけばやしむそうあん》＊2と識《し》りあった時、無想庵が、親の遺産で渡欧するというのを識り、

「ヨーロッパへつれてってよ。向こうまで名義上夫婦としてつれてってくれればいいわ。あたしはパリで女優になる勉強をするから、あちらでは別れましょうよ、つきまとったりしないわ」

そのような提案をだし、無想庵に承諾させてしまった。いわゆる便利結婚だったが、それが実を結び、旅中すでに子供をみごもり、パリでイヴォンヌという女の子を産んでいる。イヴォンヌの誕生が、この便利結婚を本当の結婚にまで落ちつかせたが、ここでも文子さんの華やかすぎる血はおさまらなかった。働きのない無想庵との生活にあきたらず、料亭を開いたり、モンテカルロのキャバレーで躍ったり、一時もじっとしていない。若い男と恋をして、無想庵に「コキュの嘆き」を書かせ

ると思うと、恋人に嫉妬からモンテカルロでピストルで撃たれるという劇的なスキャンダルまでおこしている。ピストルは文子さんの頬を撃ち抜いたということだった。

自我に生きた一生

無想庵とも別れた後、さまざまな事件の果てに、ベルギーで貿易商を営む宮田氏にめぐりあい、ようやく文子さんは理想の夫にめぐりあった。

宮田さんは、これまでの文子さんの逢ったどの男よりも男らしくて太っ腹で、この夢多い放浪癖の強い女を、しっかりと羽のもとに抱きしめる力を持っていた。

爾来《じらい》文子さんは、宮田氏と四十年近い結婚生活を全うした。その後も、ベルギーと日本を一年に二回も三回も往復して、いつも何かしら、新しい事業に着手しており、日本では帝国ホテルを常宿にして、華やかに暮していた。

七十の声を聞いてチベットの奥のフンザ王国へ出かけていったり、全身をかめの子だわしでこすり、片脚で立つという美容健康法を世間に広めたり、たえまなくジャーナリズムに話題を提供していた。

一口にいって、「不死鳥」の名は、文子さんのためにつくられたかと思うような観があった。

私は、どういうわけか文子さんから招待をうけ、帝国ホテルで文子さんの手料理を御馳走《ごちそう》になったり、彼女の生涯の思い出を話されたりして、可愛がってもらった。

私のはじめてお逢いした時はなくなる前年だったが、文子さんは紫のワンピースを着て、黒い髪を高々と結いあげ、濃い化粧の紅が華やぎ、四十代にしか見えなかった。美しいと感嘆すると、「あなたのような芸術家から美しいといわれると、とても嬉しいわ」と艶然《えんぜん》と笑った。私のどこを好いてくれたのかわからないけれど、文子さんなりに、私の生き方に、自分の若い日を見出してなつかしんでいられたのかもしれないと、この頃思ったりする。

なくなる時は、目の前に自叙伝の出版記念会をひかえ、ますます多忙をきわめ、かけずりまわっていた。最愛のイヴォンヌさんに、先だたれたのがとてもこたえていて、最後にお逢いした時は、私の顔を見ただけで涙をうかべていられた。私がたまたまイヴォンヌさんと同年だったことも、文子さんの涙を誘ったらしかった。

急に気分が悪くなり、自分で知人や医者に電話をかけ、医者がかけつけた時は、もうホテルの部屋でたったひとり意識不明になっていた。

多くの人に愛され、多くの人を愛したけれど、文字通り、たったひとりで文子さんは死んでしまった。したい放題をした文子さんは、永遠からみればわずかのこの世の生涯に、いささかの悔いものこさず逝ったことだろう。生きていた日には、そしりもねたみも受けただろうけれど、これからの文子さんは、女の可能性の幅を勇気をもって最大限に拡げてみせてくれた女性の先覚者であり、実践者のひとりとして、日本の女の歴史の中に記憶されるのではないだろうか。安らかに霊よ眠り給えと祈らずにはいられない。

＊1【松井須磨子】女優。文芸協会演劇研究所に入り、『人形の家』のノラ役で認められる。『復活』『カルメン』などを主演し人気を博した。一八八六年～一九一九年。
＊2【武林無想庵】小説家。翻訳家。大正期のダダイスムの先駆け。ヨーロッパを放浪し、自らの放浪生活を『飢渇信』などに描く。

本能的な無意識の打算

〝女はいつでも子を産む「危険」にさらされている。そのくせ、妊娠について、本気に考えるのは、妊《みご》もってしまってからなのだ〟

母になる女のすべて

女が子供を産む場合を考えてみよう。まず、いちばん正常な状態で産むのは、妻が夫の子を産むことだろう。

このほか、女は、あらゆる立場で、あらゆるチャンスに子を産む「危険」にさらされている。あえて「危険」といってもいいだろう。なぜなら、この科学の発達した現代においてさえ、お産で命を失う女が皆無とはいえないからである。女が子を産むということは、それだけ命がけの大事業なのに、女はなんと易々として子供を産みたがっていることだろう。

妾が旦那《だんな》の子供を産む。女中が主人の子供を産む。一度の強姦《ごうかん》にも女は子供を妊ることがある。かと思えば人工授精でも女は子供を産むことがある。愛がなくても、性の交渉がなくても、女が子供を妊るということは、なんという怖しいことだろうか。これは神の恩恵ではなく劫罰《ごうばつ》としてしか考えられない。

そのくせ、女はこんな命がけの妊娠について、本気に考えることは、はじめて子供を妊ってしまってからなのだ。

幸福な人妻が、結婚生活の当然の結果として妊娠した場合、その女はほとんど、受胎ということを幸福の色めがねを通してしか考えない。「子宝に恵まれた」ということばで彼女たちの心の内がいいつくされる。

子供は周囲から祝福されて生まれてくるのだし、子供を育てる責任は、子供の父親がとってくれる。つわりは苦しい。苦しいけれど、がまんして出来ない苦しさではない。母になる女のすべてが、それを平気で受けて通りすごしているのだ。それに、つ､わ､り､で苦しむほど、夫は自分の責任を感じ、代ってやれない苦しさに悩む妻をいたわってくれる。

臨月まぢかになった肉体の醜悪さには、泣きたくなる。鳩《はと》の嘴《くちばし》のように可憐な色をしていた乳首は黒ずみ、ふくれあがり、静脈を走らせた乳房は不気味な重量になって垂れさがる。まともには見おろせない自分の腹。それでも、夫はその腹に耳をあて、撫《な》で、いたわってくれる。

お産は不安だ。青竹をへしおるほど苦しい力を必要とすると聞いている。経験のない恐怖におそわれる。でも、母も祖母も姉たちも、けろりとしてそれを通りぬけ、こりもせず何人も産みつづけている。心配することなんかないのだ。夫は息をひそめて待っている。産めば涙を浮かべ「よく産んでくれた」という。

こういう幸福な人妻の出産は、子を産むということが一つの義務であり、勲章であり、愛の証しにもなる。

ほとんどの妻は、未経験な出産に対する恐怖心をまれに抱いても、夫の子を産むという正当な誇りがそれを打ちけしてくれる。

こういう幸福な妻はさておくとしよう。

私がいいたいのは、そういう幸福な母たちのかげで、世に認められない子を産む女たちのことだ。

なぜ私生児を産みたがるか

日本は世界一の堕胎国だけれど、まだ、不器用にも、生真面目《きまじめ》にも、認められない愛人の子を産む女たちも後を絶たないように見える。彼女たちはなぜ、その子を産みたがるのか。

愛しているから——というのが、彼女たちの切り札である。

恋にとりのぼせているとき、女は理性を失っているから、そういうことを純情な女ほど考える。その上、女は子供を産むことで、男との不安定な愛を、確固たる約束ごとにしようという本能的な無意識の打算を持っている。

いいかえれば、子供さえ産ませなければ、男はいつでも愛人から逃げだせるという男の打算をこれも本能的に無意識的に見抜いているのである。

男が子供を産むようにならないかぎり、本当の意味の男女同権などはあり得ない、というのが日頃の私の意見である。

と同時に、本当に自由な女とは、好きな男の子供を、法律とは無関係に産んで、男の経済力を当てにしないでその子を育てていける女だ、という考えも長年抱いてきている。

私自身は、かつて正常な結婚生活において、夫の子供をひとり産んだことがある。そのとき、妊娠は当然だと思ったし、当時は愛していた夫の子供を生むということが素直に嬉しく有難く、若さの肉体的自信と、出産に関する無知から、およそ不安も恐怖も抱かず、その子を産んだ。

その後、夫と別れ、子供は夫が育ててくれたので、私は勝手な生き方をしてきた途上、妻子のある男と半同棲《どうせい》の長い年月を持った。その男を、愛していたため、私も何度か、ふっと、その男の子を産んでもいいという甘い妄念《もうねん》にとりつかれたことがあった。経済的にははじめから頼りになる男ではなかったので、もちろん子供が生まれてもそれはあくまで自分で養っていくという目算の上でであった。

私はその男との愛には、なんの不信不安も抱いていなかったので、そのときの産んでみようかという気持には、子供によって男の愛をつなぐとか、ためすとかいう打算や功利的なものは一切まじっていなかった。

今、思いかえしてみても、ただ純粋に、その男の容貌や気質や、才能の一部をどこかに受けついだ「未知の自分の子」の顔を見てみたいという欲望だけだったと思う。

夫の子を産んだときには、あまりに当然の、予定された出来事として、私は私の受胎にも出産にもおよそ疑問を持ったり、そのことを哲学的に考えてみたりしようとしたことはなかった。

夫でない愛人の子を産もうかと考えたとき、はじめて私は女が子を妊るということの怖しさと厳粛さについて考えた。同時に生まれてくる子供のいのちや運命の不思議にも考え及んだ。

子供は自分では望んで生まれてきはしないのだということが、今更のように考えられた。すると、その子の未知数の運命に責任を持つことの怖しさにはじめて身がすくんだ。

私がほとんど無意識に近い精神状態で、ただ結婚の中の一つの義務のように産んで、自分で育てることを放棄してしまった子供の運命についても、そのとき、はじめてよくよく考えさせられたといっていい。

幸い、私の子供はその父親が無事養育してくれているからいいものの、もしその家に意地悪なまま母が来たり、あるいは実母のいない不注意から、幼時に病気で死なしていたりしたらどうだろう。

いや幸福そうに育っていても、その子の本当の心の中の幸、不幸など、どうしてその子以外にわかるものだろうか。

そんなことを思うとき、私は、まだその子にもう一人、自分の欲望のため、生まれたいかどうかその意志を聞いてみるわけにもいかない子供をもう一人産むのは、怖しくなった。

浅ましい女の業《ごう》の深さ

それ以来、私は、若さの残る間にもうひとり子供を産んでみたい、今度こそ、いろいろ実験をこころみ、妊娠し、出産するまで自分の心理や肉体を克明にみつめてひとりの子を産んでみたい、という作家的な好奇心と欲望を押さえてきた。

同時に、やっぱり産んではならないと最後に決める心の底には、今後の自分の半生に、その子が何等かの意味で重荷になることが面倒だという打算が働いていたように思う。

あるいは、もっとつきつめて考えてみるなら、その頃すでに今の仕事をしようと決めていた私には、女が男の子を妊ってみたいという本能的な母性愛よりも、世の男が抱く自分の生命の拡張を本能的に望む生殖本能と自己顕示欲の方が強かったのではないだろうか。

つまり私はすでにその頃、女がわが子を望むようにではなく、男がわが子を望むような欲し方で、自分の子を思い描き、男と女の共同で産む子を、ほとんど人工授精に近いやり方で自分ひとりで産みたがっていたともいえる。

幸か不幸か、長い同棲の歳月の間に、何度か通りすぎた懐胎の機を外し、私は、子供を産みはしなかった。

その後、私はまったく別な年下の男と恋をし、やがてその男の変心に逢ったとき、嫉妬と逆上のみぐるしい懊悩の中で、本気でその男の子供を産んでやろうかと考えたことがある。

今考えると、これほど浅ましい、こっけいな出産の動機などないのだけれど、そのときは正直、本気でそう思った。

私はそれまで、世間でよく、家の外に愛人をつくった男が、そんな最中にかぎって、妻に子供をつくらせる例をみていて、その男も妻も、なんと馬鹿げていて、またなんと見苦しいことをするのだろうと批判してきた。同時に、それを見て、ショックを受けた愛人の取り乱し方にも、男というものがそんなものと知りもしないで、妻子ある男を愛してきたのかなど、思い上がった冷たい批判もしたりしてきた。

ところが自分が、その立場にたってみて、愛情の激情が、男女の肉を結びつけるように、憎悪の激情もまた、男女の肉を相寄らせるという人間の業の深さをまざまざと悟らされたことだった。

私はそうした血みどろの争いのなかで、自分の娘ほどの小娘に向かって、男とはそういうものだということを知らせるため、私と男とがその悶着《もんちゃく》の最中につくった子供の顔をつきつけることによって、その小娘と男が私に与えた屈辱を徹底的に返上してやろうか、などということを魔に憑《つ》かれたように思いつめてきた。

同時に、まだ子供を産める自分の肉体の若さを、小娘にも、いや、誰よりも自分自身に確認させたいという、馬鹿馬鹿しい妄想にとりつかれたようであった。

しかもその憎悪と怨恨《えんこん》の最中においてすら、男はまだ私の愛人だったし、産もうと夢みる私の子は愛人の子という名で私の頭の中では呼ばれていた。

女の浅ましさの極まりまで私は堕《お》ちたようであった。そして、子を産むという女の業が、ときには人を殺すと同様の凶器に変わり、人をも自分をも殺す毒をもつものだということを思いしらされた。

その地獄を通りぬけてきて、はじめて私には、世の中の赤ん坊の顔が、この上もなく美しく、世の中の娘や息子の成長のゆたかさがこの上もなくなつかしいものに思われてくる。

私の業の深さは、ああいう地獄の底でしか母性の本能に目覚めさせられないものだったのかもしれない。私はまだ自分が望めば、子供を産める自分の肉体を識《し》っている。ただし、もうせいぜい一人か二人しか産めないだろう。

けれどもその子を私は決して産まないだろう。今産めば、私はその子に何の不自由もさせず思いどおりの教育をしてやれるかもしれない。娘ならば、自分のかつて望んで果たさなかったすべての夢を果たさしてやろうとするかもしれない。

けれども私は、もう子供はほしくはない。

どんな好きな男の子供にせよ、この年まで苦労を共にしてきた自分自身というものほど、私にとっては可愛い大切なものはないように思う。

女の闘いの道

　そう考えてみたとき、ちょうど私は、太宰治の運命にまつわった三人の女性たちと、その子たちの関係について、仕事の上でしらべることになった。

　前から一番心をひかれていた『斜陽』のモデルの太田静子という人は、はたしてその希望どおり、妻の座にいない愛人の身で太宰の子を自ら求めて産み、太宰の死後、どのような充実した生を送ることが出来ているのだろうか。

　いつだったか、私は、静子さんの産んだ太宰氏の遺児治子さんの十五歳の手記を読んだ。それは素直で明るく、そして天使のように人を信じる心だけが書ける、りっぱな美しい文章だった。一読して、私は清冽《せいれつ》な感動を受け、泣いていた。

　太田静子という人が、愛のため、道徳をふみ破り、世間に背き、肉親を捨て、選びとった道が、どのような血みどろのものであったにせよ、この治子さんの成長の姿を見たら、太田静子さんの女の闘いは勝利を得たといえると思った。

　けれども、こういうことはまったく稀な例ではないだろうか。何がこのような稀な例を産んだのか、それも私はたしかめたかった。

数年前、ある人のはからいで、私は軽井沢の小さな私の仕事部屋に、太田治子さんを迎えることが出来た。

高校一年生の治子さんは十六歳になっていた。写真でしか知らない太宰氏そっくりの治子さんは、私よりはるかな長身で色白の柔和な顔付をしていた。

悪びれずてらわず、天然にそなわった気稟《きひん》がにじみ出て、実に感じのいいお嬢さんだった。

生まれて一度も父に抱かれたことのない治子さんは、太宰氏のことを静子さんの口調どおり、今でも「太宰ちゃま」という言葉で語る。治子さんの素直な口から聞く静子さんの女の闘いは、私が想像していた以上に悲惨を極めたものだった。

治子さんを妊ると同時に、平たくいえば、静子さんは、太宰氏から捨てられたのだ。

後に出来た新しい愛人山崎富枝さんにさえぎられ、静子さんは治子さんを太宰に逢わせることも出来ていない。それでも、

証　太田治子
この子は私の可愛い子で
父をいつまでも誇って
育つことを念じている
昭和二十二年十一月十二日　太宰治

そんな法律上、なんの力もない古風なお墨《すみ》つき一枚と、養育費毎月一万円が、当時の静子さんと治子さんに示された太宰氏の愛情のすべてであった。その上、養育費も、半年後には太宰氏と富枝さんの心中というカタストロフ（結末）で、自然消滅になってしまった。

その後、ふたりの母子は、世間からも、肉親からも見捨てられ、太宰氏のあれほど多くのお取巻きや友人たちからも忘れられ、人生の底辺を黙々と歩いてきている。もちろんこの母子には、死後の莫大な太宰氏の印税は一銭も渡っていない。

私はこんな太田静子さんの生き方を、ある意味で敗北ではないかと思っていた。はっきりいって、無知でセンチメンタルな愚かな行いだと冷たく見ていた。

けれども今、治子さんという何よりたしかな静子さんの作品を目の前にして、その見事さにどんな種類の芸術品に接したよりも強烈な感動を受けてしまった。

やはり、静子さんは、女として、りっぱに一つの道徳革命の旗手となったのだということを悟らされた。

十年間、静子さんは、ある寮のまかない婦という、およそ不得意な職業にしがみつき、誰の手もかりず、「斜陽の子」をひとりで育てて来たのだ。当時の手記を、自分ではもう甘くて読みかえせないといっているという。自分で闘いとった道で血みどろになって、静子さんは生き、誰よりも自分自身を強く豊かに肥らせてきたのではないかと思う。

凡人に選べる道ではない。けれども、いつの世にも必ず誰かが選びとらねばならぬ女の闘いの道であるように思う。

友情はどこで確認するか

〝骨肉の愛や男女の恋愛は肉体で感じるが、友情は心と心の問題だ。要するに人格と人格、個性と個性の上に成り立つのである〟

不安定な女の友情

太宰治の、今ではもう古典となりかかっている名作に『走れメロス』という短篇がある。これは男の友情、人間の信の美しさ荘厳さを描いたもので、教科書にも多く採用されていると聞く。

『走れメロス』だけでなく、昔から、洋の東西を問わず、男の友情については数々の伝説や逸話が伝えられている。男は友情のためには、自分の命さえ惜しまないほど純粋になれるらしい。ところが、私はまだ女の友情について、これほど古典的な有名な話をあんまり聞いた覚えがない。むしろ、女の友情とは信じ難く、成り立ち難いというのが世間の通念ではないだろうか。

たとえば、魅力的な妻を持った夫と、魅力的な夫を持った妻とでは、どちらが自分の友人に要心し警戒するだろうか。私は断然、魅力的な夫を持った妻の方が、自分の友人に対して猜疑的であろうと想像する。

女の友情とは成り立ち難いといわれるのは、女の本性に自律性がなかったことが多分に影響しているように思う。骨肉の愛とか、恋愛とかは、多分に本能的、動物的な愛だけれど、友情となると、形而上的な匂いをおびてくる。頭の組織が男より即物的具体的につくられている女に、友情が苦手なのは当然かもしれない。貞操観念の非常に強い、男に対してはまことに貞節な女が、平気でしばしば友情を裏切るのを私は何度も目撃している。

骨肉の愛や、男女の恋愛は、肉体で感じることが出来る種類の愛だけれど、友情はあくまで心と心の問題なので、その高尚さが女にはもともと不向きなのかもしれない。

　要するに友情は人格と人格の、個性と個性の結びつきだから、親次第とか、夫次第とかいう従属的な立場や観念の、女と女の間に本当に成り立つ筈《はず》はないといっていいのである。

　よく学生時代は、無二の親友だなんていった女どうしの友情が、恋人を得たとたん、どうでもよくなってしまう例をみる。病気の女友達を見舞いにゆく時間を、恋人とのデートにすりかえて女はさほどに心を痛めないものなのだ。恋人が出来ると、純情で貞潔な女ほど世界中が恋人の俤《おもかげ》で埋ってしまい、他のことは目に入らなくなる。恋人の影響で、それまで好きだった食物や、音楽や、人間まで、嫌いになることに何の未練も示さない。純情で可愛い、男に好かれる女ほどその傾向は強い。言いかえれば良妻になる可能性の強い恋人のある女、或いは良妻そのものは、友情をほとんど必要としないといっても過言ではない。彼女たちの目は、恋人の目、夫の目がコンタクトレンズのようにはりついていて、そのレンズを通してでなくては物が見られなくなっているからだ。学生時代に女の友情が成立したように見えるのは、女がまだ女としての依存性を自覚していないからではないだろうか。

私は、理想としては女はあくまで自我をもって確立し、何よりも自立出来る経済的力を養い、実際に、経済的独立をすることこそが、結婚をするより重大な、意義のあることだと考えているし、世の中はどうしたってそういう方向にむいていくと信じている。けれども一方、まだ今の日本の社会情勢の中では、女が自立し、女が自活していくことが、どんなに辛い道であり、淋しい道であるかということも識《し》っている。女は頼りになる男を愛し、その男の庇護の許《もと》に、精神的にも経済的にもまかせきって暮すのが一番楽な生き方であるし、女の幸福というのはそういう生き方だろうと考えている。けれども自分の半生をふりかえってみる時、私は私の思うような女の幸福安穏な生き方から、次第に外れてくるにつれ、強固でゆるぎのない女の友情に恵まれもし、摑《つか》みとってきたようにも思うのはどういうことだろうか。

仕事の中にこそ生まれる

わりあい人なつこく、人見知りしないたちなので私は幼少から友人は多く、学生時代も多すぎる友人に囲まれていた。けれども本当に頼りになり、本当に信ずることの出来る女の友人を得たと思ったのは、自分が小説家としての道を選び、まがりなりにも物書きのはしくれになった時からであった。それは自分と同じ道を励む女友達であり、いわばライバルでもあった。仕事のことでは絶えず、相手の状態を窺い、自分にひきくらべ、安心したり不安になったり、優越と嫉妬の入りまじった複雑な感情を抱きながら、一日も彼女とは無縁で暮せなくなってきていた。話すことはすべて仕事のことであり、他のもろもろの話題も仕事に根を持たないかぎり、語り合う情熱を見出せない。そうなってはじめて、私たちは、愛人や夫を捨てる日、或いは捨てられる日はあっても互いの友情に裏切られ、裏切る日はないだろうことを確認していた。なぜなら、私たちは、もう決して自分で選びとった自分の仕事を死ぬ日まで捨てるようなことはないからである。

そういう女の友情を得てみて、はじめて男の友情の確かさを理解することが出来た。互いの仕事を尊敬する上で成り立つ友情以外は、本当の友情ではないように思われてきた。男女の愛には倦怠期があるけれど本当の友情には倦怠期がないのも、この頃になってようやくわかってきた。

今日も何気なくひらいた週刊誌にある女優さんの再婚話が出ていて、その女優さんの恋人というのは、結婚と同時に女優をやめるという条件で、結婚を考えているということが出ていた。その女優さんは女優でありたいため、半年ほど前離婚したばかりの人である。愛する女の社会的地位や、自立の能力や、才能を認めず、一個の裸の女としてのみ愛するというのは、一見、男らしいいい分のように聞えるけれど、これほど下《くだ》らない封建的な男の利己心はない。相手の才能や経済的独立を認めない男の愛情なんて、聞えはよくても煎《せん》じつめれば女を性愛の対象としか考えない愛し方でしかない。こういう男にかぎって、結婚してしまえば、妻の友人や、妻の過去に口だしし、自分の領域の中だけに妻をしばりつけておこうとする人種である。やがて限界のくる女優としての彼女に華やかな引退の花道をつくってやる。聞えのいい言葉だけれど、女優というのは八十歳でも九十歳でも勤まる仕事で、芸術には限界の時などはあり得ないのである。

その女優さんが、その男と再婚にふみきるかどうかはしらない。けれど、もしそういう考えの男と結婚したら、この女優さんは経済的にどんな恵まれた生活をするかもしれないけれど、自活する女だけが持つことの出来る「女の友情」という、この世の宝をもはや永久に手にすることは出来ないだろうと思う。

未亡人という女の中の心

〝未亡人にとっての敵は、好色な男たちの牙《きば》ではなく、本能的に危険視している同性の目である〟

なまめかしい雰囲気

男にとって、女の中でいちばん魅力的に見えるのは処女でも、人妻でも、尼僧でもなく、それは未亡人という名の女たちではないだろうか。彼女たちはもうすでに性愛の何であるかを知っているし、その育ちきった肉体はすでに耕《たがや》され、肥料のまかれた畠《はたけ》である。

こちらのまなざしひとつ、吐息ひとつで、言いたいことは察してくれるし、躯《からだ》の動かし方だって心得ている。

彼女が年若い場合はいうまでもないけれど、相当年をとっていても、未亡人という名になった女には、憂愁が淡いロマンチックな陰影をつくり、実際の素材以上に美しく見えるものである。ほがらかに満腹しきった女の笑顔よりも、不幸そうな翳《かげ》にまつわられた心身ともにひもじげな淋しそうな女の愁《うれ》い顔の方が、センチメンタルな日本の男心をそそるのである。

未亡人になった原因がどういう事情にしろ、要するに彼女たちの人生は、その半ばで、自分の意志とかかわりなく、いきなり嵐におそわれ、育てて来た花茎を真中から無惨にへし折られたのである。夫を失う瞬間まで、さほど夫を愛していなかった人妻であっても、夫を失ったということは、たちまち生活の根のゆらぐような不幸であることにかわりはない。とにかく経済的に彼は家を支えてくれていたのだし、社会的に妻や子供を守って矢面《やおもて》に立ってかばっていてくれたのである。

夫の働きと夫の愛情に頼りきっていられた幸福な妻ほど、未亡人にされた瞬間から不幸は深刻になる。

結婚前は相当に知的で、技術的にも何等かの技能を身につけ、充分ひとり立ちできた女でも、夫が男らしく、経済力があり、社会で成功していく型の男である場合、たいていい自分の才能など押しこめてしまって、内助の功をつくす家妻におさまってしまっている。使わない知慧《ちえ》はさびつき、使わない知識や技術は時代おくれになり鈍磨《どんま》する。いざ夫に死なれ、昔のように自分の力で立ち上がろうとした時は、すべて一からやり直さなければならない。

未亡人が一番手っとり早く昔の幸福な状態にもどる何よりの手段は、再婚するということだろう。

けれどもその再婚も、初婚でさえ、女の数が上まわり、結婚難になっているこの頃、そう、おいそれとあるわけではない。

再婚する未亡人をふしだらだなどという封建時代の貞女の貞操観念のようなものは、もう時代おくれに見えるけれども、これがまだまだ根強く一般社会のモラルの基底には残っていて、そうそう再婚を急ぐことはできない。

それでなくても未亡人という一種危険で不安定な状態には周囲の猜疑と嫉妬の目

がまつわりついていて離れない。未亡人にとっては、敵は、彼女のスキを狙《ねら》う好色な男たちの牙ではなく、彼女たちの魅力の価値を識《し》っていて、本能的に危険視している同性の目である。

聡明な妻は未亡人になった親友を次第に家庭的なつきあいから遠ざけるし、夫に不幸な友の就職や再婚の世話を頼みはしない。

離婚した女たちは、それを自分が望んだにしろ、無理強いされたにしろ、その問題で男の厭《いや》な面をさんざん見せられているし、男の身勝手や利己心や横暴にさんざん悩まされているので、ある程度男には愛想をつかしているし、男を憎むことを知っている。

未亡人の不幸は、中断された愛の形で音を奪われたため、男への夢は永遠に見残されたことになり、たとい生前の夫に浮気や、浪費や酒乱で悩まされていたことがあったにしろ、「死」という一つの結末は、たいていの厭な過去を清め、忘れさせる能力を持っている。思い出の中では憎悪も嫉妬も怨恨さえもが、浄化され、いつのまにかなつかしい美しい思い出ばかりにかざられてしまう。ちょうど恋をしている女たちが、相手に実物以外の自分の願望や夢をかけ、勝手に理想像を描くのと同じような熱烈さで、未亡人は死んだ夫の影像を、追憶という絵具で、美しくも頼もしく塗りかえてしまう。

「生き別れと結婚しても、死に別れとはするものではない」と言われてきた世間の諺には、そんな真理がふくまれているのである。

財産のない未亡人は、生きていく手段にまず悩まなければならないし、財産のある未亡人は、その財産目当てにおしよせてくる男たちを防ぐことに悩まされる。たまたま、本当にその未亡人を損得ぬきで純粋に愛して近づいてくる男があったとしても、その男を財産目あてで近づいてくる男たちと区別し見分けることが難しいし、まず疑ってかかるという不幸に見舞われる。

一挙に破れる幸福

長い生涯にはどんな理想の相手でも倦怠期が来るし、愛想のつきる時もある。たいていの夫婦が、なかばあきらめと面倒くささから、互いにごまかしあって、ずるずると情熱も誠意もない結婚生活を送るのにくらべたら、面倒くさい離婚の騒ぎや手つづきもふまず、もう一度別の相手と、新しい結婚生活のやり直しができる状態におかれるということは、考えようによっては都合のいい恵まれた環境といえないことでもない。けれどもそんな風にじぶんの自由になった立場を喜ぶような未亡人は、ほとんど見当らないのである。

結婚式に当たって、離婚を予想する夫婦がめったにないように、未亡人になる場合まで考慮にいれて三三九度の盃《さかずき》をかわす花嫁もまずないだろう。

けれども、本来ならそれこそまず第一に考えておかなければならない問題なのだ。どんなに健康診断書をとりかわして相手の丈夫さを確かめておいたところで、急性と名のつく命取りの病気は無数にあるのだし、第一このごろのような交通禍の社会では、いつ愛する夫の頭に工事中の駅の鉄棒が落ちてくるかわからないし、ダンプカーと夫の乗った車が衝突するかわからないし、夫の通勤電車が脱線てんぷくするかわからないのである。その上、無事に会社にたどりついても、いつ覆面のハイティーンがジャックナイフやピストルを白昼、夫につきつけるか保証できない。

浮気や情事は、妻が防ぎようもあるし、闘いようもあるけれど、これらの災難は、いくら周到な注意も用心も受けつけてはくれない。神経質になれば、夫を殺されたくない妻は、夫を家にとじこめておいて、じぶんが働きに出るより外なくなってしまう。

朝、いってらっしゃいと見送り出した時が永《なが》の別れになる可能性の方が多いのである。病気で寝ついた夫なら、とにかく妻はある期間夫を看病できるし、その間にいくぶんなりと夫の死について覚悟も用意もできるけれど、こういう不慮の死の際には、いつまでたっても夫の死が、信じられない。

そのほか癌《がん》という悪魔も夫をねらっている。それは今や病気というより一種の怪物となって妻たちの心を脅かす。老人にしかあらわれないと思っていられたり、遺伝だと信じられたりしていた時はまだしも幸福だった。今や癌は壮年にも青年にも取りつくし、肺癌などは発病一か月たらずで岩乗《がんじょう》な夫をあの世につれ去ってしまう。

もっと怖ろしい集団夫殺しは戦争である。いかに世界中の妻たちが戦争をのろい、防止しようと努力したところで、今までの歴史は、それが不可能なことだけを語っている。危く保たれているこのガラス細工の城のような平和が、いつ一挙に破れるかしれたものではない。

癌未亡人も戦争未亡人もまったく妻にとっては不可抗力の中に襲ってくる不幸である。生涯、絶対未亡人になりたくないと思うなら、女は結婚しないでおくしか方法はない。

私の友人が弟の見合に立ちあったら、相手の娘さんが、いきなり、「生命保険はいくら入ってくれますか」と訊《き》いたので、びっくりしたという話をした。私といっしょにその話を聞いていたもう一人の友人が、「あたしは、うちのパパに何とか生命保険をかけてもらいたかったのだけど、なかなか言いだせなかったのよ。何だか、死ぬのを待っているように思われやしないかと思って、咽喉《のど》まで出かかって言えなかったわ。それが都合よくパパの友人に頼まれて、自分から三百万円入ってくれたの。その後で彼が言うには、入ってみると何となく安心だね、これならいっそ五百万円か、もっと無理してでも入っておこうかというの、あたし思わずもういいわっていってしまったわ。まさか、そうなるとあなたを殺したくなるかもしれないとも言えなくってね」

今の娘さんのドライぶりも、生命保険を夫にすすめられない戦前派の妻のウエットぶりも、一皮むけば同じ女の利己心に支えられている。どっちにしても、まだ女として値のある妻をのこして死んでゆく夫こそいい面の皮である。

淋しさへの卑しいかんぐり

もともと男やもめに蛆《うじ》がわくといっても、女やもめは花の咲くものだったのだ。喪服の女の美しさ、黒いヴェールの女の美しさは、古今東西の文学にも書き残されている。

それは結婚式の純白のドレスよりも、華やかな打かけ姿よりも、もっと女を美しく魅惑的に見せる。未亡人を征服するという男の気持の中には尼僧に恋をしかけるについで、一種加虐的な破戒の快楽と戦慄《せんりつ》が伴うようである。世間もまた未亡人という名になった女に、人妻だった時にはなかった、なまめかしい雰囲気を感じる。そこで想像されるのは彼女のベッドの広さであり、空閨《くうけい》の淋しさへの卑しいかんぐりである。

女の生涯は男とちがって、本来受身なものだから、婚期を過ぎた未婚の女が、世間の想像してくれるほど肉体的に悩んでなんかいないように、未亡人もまた、それほどかやの広さに悩みつづけたりなどしていない。同時にまた女は、男が考えているよりも、近ごろ世間では宣伝されているよりも本来精神的であり、セックスにおいてはムード派であるため、愛している夫を失ったというショックと痛手で、一年くらいの禁欲は何でもなくすぎてしまうものだ。一年の喪があけたら、未亡人が涙を忘れ、新しい恋にたちむかっていったところで、何の不思議があるだろう。

彼女は未亡人である前に、もともと女であったのだ。

未亡人に子供もない場合は問題がないけれども、往々、未亡人には子供が残される。夫婦揃ってさえ子供にひとかどの教育をするのがなみ大ていな事業でないこのごろ、女がひとりで、子供を育てていくというのは仇《あだ》おろそかな苦労ではない。

　未亡人がかたくなになり、考えが偏狭になり、意地悪なひがみ屋になりやすいのは、子供をひとりで育てぬこうと後家のがんばりを決心した場合に多い。片親とあなどられないためにという心の張りから、意地になって両親揃った子よりも充分なことをしてやりたくなる。そのため、少しでも多い収入の道を選ばねばならず、そういう女の仕事は、誘惑の多いこともつきものだ。子供のために身をおとすという言いわけは常磐御前《ときわごぜん》＊1の昔から、何となく人の同情を呼ぶし、自分への言いわけにもなる。けれども、そういう犠牲を頭から押しつけられる子供の方こそ有難迷惑というものだろう。

　いつの時代でも、子供の方が母の時代よりはドライにできている。まして戦後の教育は、子供も、親を親としてみる前に人間として批判もするし、尊敬も軽蔑もする。親の犠牲や奉仕を恩きせがましくおしつけられるより、子供は老後の親の面倒をみる義務や責任から解放される方を望ましく思う大人に育っていくものだ。成人した息子や娘が一度恋人や妻を得た場合、母にどんなに冷淡になるかは、自分自身や亡父のことを思いだせば歴然である。

女の性が受身だといっても、女が女として肉体的な快楽を味わいうる年齢ならば、誰に遠慮もなくセックスで充されて、幸福になる権利はあるだろう。

最近の女の生理的生命は、年とともにのびているようで、ついこの間までは《五十の老婆》などという文字が新聞に見えていたけれど、今や五十代の女は昔の三十代ほどの色気もあれば活動力もある。四十代や五十代の未亡人だって、今更などという卑下やあきらめや、はにかみはすててしまって、第二の恋や、第二の結婚に大いに意欲的になっていいはずである。

二色《ふたいろ》の人生を生きる権利

一人の男を深く知りつくせば万人の男に通じるというい方も一つの真理ではあるけれども、人間は顔のちがいのように、性格も肉体も結局は千差万別である。

死んだ夫がどんなに最高にすばらしく思えても、死んだ夫とはまたちがった、魅力のある男性も無数にいる。一人の男より二人の男、あるいは三人の男を、精神的にも肉体的にも知る方が、女にとってはより豊かな人生をのぞくことができるのは、かくしようがない事実である。愛する夫を奪われるという不幸の代りに、二人めの男を合法的に認められるという特権を与えられたのが、未亡人という名の意味だと解釈して悪いだろうか。

雑誌によく登場する未亡人をみても、石垣綾子[*2]さんとか十《と》返《がえり》千鶴子[*3]さんなどの名をあげることができる。

彼女たちが御夫君を失った時の手記は、涙なしには読めないような感動的な悲痛なものだったけれど、彼女たちが、幸福な妻の時代よりも未亡人になってからおとろえたとも不美人になったとも思わない。仕事の量が減ったとも、老いこんだとも思えない。

彼女たちは夫のいた時と同様、否その時以上に、若々しく、生き生きと、美しくなり、魅力的になり、仕事はいっそうもりもりと精力的にみせてくれている。夫を失くした悲しみは仕事を持つ妻も、夫に依存しきっていた妻も違いはないだろう。ただ、悲しみから立ち上がる時は、十返さんや石垣さんのように仕事を持っていた妻の方が、痛手の回復が早いし、忘れていられる時間が多くなる。

美しい愛や、優しい人を忘れたくないのは人情だ。だからといって、いつまでも過去の愛にしがみついているくらい愚かなことはない。人間が成長していくためには、多くのことを忘れ去らねばならないし、忘れるべき努力もしなければならない。生きるという技術の中には、いかに美しく忘れるかということも大切な要素としてふくまれているのではないだろうか。

未亡人は、少なくとも二色の女の人生を生きてみる可能性に恵まれたのだと解釈して、胸をはり誰に気がねもなく、夫の残りの生命まで貪欲に生きていくべきだ。第二の男が、たまたま亡夫に数段劣る男であっても、亡夫の価値を見直すことのできるという得点がある。亡夫以上のすぐれた男にめぐりあえば何をかいわんやである。

どんな仲のよい夫婦でも、あまり長すぎる夫婦生活の中では、夫も妻も、相手がある朝、ぽっくり死んでいてくれないか、と願うような夜が一度や二度はあるものだ。未亡人になった女の中にだって、夫にそんな呪いをかけた日がなかったとはいのえないだろう。だからといって、熱烈に愛した無数の夜が、さしひきになるわけのものでもない。人間の生命のはかなさを誰よりも痛切に思いしらされた未亡人こそが、人間の生きている時間の快楽や幸福に、もっとも積極的に貪婪《どんらん》になる権利があるのではないか。

＊1【常磐御前】源義経の母。源義朝の妾。今若・乙若・牛若（源義経）らを産む。

＊2【石垣綾子】昭和・平成期の評論家。23歳で渡米。反戦・社会運動に参加する。戦後の日本女性の新しい生き方を提示する評論も多く発表。著書に『病めるアメリカ』などがある。一九〇三年～一九九六年。

＊3【十返千鶴子】評論家。婦人画報社を経て、フリーに。女性の生き方などについて評論活動を展開した。著書に『未亡人ばんざい』などがある。一九二一年～二〇〇六年。

幸福の何たるかを考えるとき

〝青春とは、それ自体のエネルギーと芳香を持っていて、どんな逆境にも一種の光を持つものだ〟

愛をも奪われる不安

関東大震災を生まれて一年目に迎えた私にとっては、物心ついてから、戦争は空気のように馴れ親しんだものだった。

非常時ということばがいつか常時になってしまっていて、私たちは非常時でない時がどんなものなのか思い出すことが出来なかった。天皇は現人神《あらひとがみ》であって、天皇の写真ののった新聞で鼻をかんだり、お習字の練習用にしたりすると、今にも目でもつぶれそうな迷信的畏《おそ》れをうえつけられていた。不敬罪ということがあってそれが泥棒より火つけより悪いことのように教えこまされた。

そういう天皇のため、命を捨てることが、日本という神国に生まれた我々民草《たみくさ》の義務であり、私たちは天皇のためならば、万歳と嬉しそうに叫んで死ななければならないのだと教えこまれていた。学校へいくと小学校から女学校までどの学校にも、校門のすぐわきに御真影奉安殿《ごしんえいほうあんでん》があり、天皇、皇后の写真がその中におさめてある。生徒たちは校門の出入りに必ずその前に最敬礼をしなければ通過できなかった。

女学校に入ってまもなく、戦争の拡大につれて、学校全体が軍隊にならって組織され、大隊、中隊、小隊などにわけられて、各隊に隊長がおかれ、旧来の組長とか、委員長とかいうものにかわった。修身の時間には忠君愛国と、婦徳の道が教えこまれた。

そういう教育を受けながらも、しっかりと時局を見通したり、クリスチャンとしての信仰を持つというような知的な親たちや家族を持つ子供たちは、そんな教育を鵜のみにしていなかったかもしれない。けれども素朴《そぼく》で、無知で、純情な国民の大多数の家庭では、この国家をあげての戦いは、止むにやまれぬ、生きねばならぬために起ったものであり、食わなければ食われるゆえの自衛の戦いだと教えこまれ信じこまれていた。私などは、自分が男に生まれ、海軍兵学校に入れないことをどれほど情なく口惜しく思ったかしれない。戦いに負けるなどということはあり得ないことであった。男はすべて戦場に出て戦うことが当然であった。恋も結婚も、戦争の前には犠牲にしなければならなかった。

私たちの結婚は軍力を増強するための兵隊を生むのが目的だった。生めよ殖やせよというスローガンで、私たちの結婚は早婚を奨励された。皮肉なことに相手は戦争にかりだされて男の絶対量は足りない。私たちは、結婚して二晩で夫を戦地におくることを承知で平気で結婚した。明日は戦死するかもしれない男の子をみごもることに何のちゅうちょも不安も抱いていなかった。私たち戦中派の青春が、世にも不幸だったというと嘘になるような気がする。青春というものはいつでも、青春自体のかもしだすエネルギーと、自然に発する芳香を持っているもので、どんな逆境の中にいても一種の光を持つものではないだろうか。

　そんな時代の中で私たちは女の幸福をどのようなものとして描いていただろうか。恋人や夫や、息子、愛する者たちをいつ奪われるかしれないという不安の許《もと》に置かれているだけ、女たちの愛は純粋に刹那《せつな》的に全人生を燃やしつくすように、不断の心の訓練をつんでいたのではないだろうか。戦争が進むにつれ、右をむいても左をむいても不幸な女たちがいっぱいいるため、不幸にも不感症になっていたのではないだろうか。考えることを教えられないで、教えられることを素直に信じることを美徳とされていた習慣から、私たちはどんな時にもその原因を考えるよりもまず目の前の難局を体当たりで打開する活力を自然に身につけていたのではないだろうか。

何よりも確実な生きる力

　私たちの前の時代の目覚めた母や祖母たちが、自分たちを取りまく因習的な習俗打破のために、爪をはがし、歯で岩をかみくだくような辛い思いをして、男と対等に学び、より正しく成長しようとして血みどろになって闘いとろうとした「自由」

とか「女の尊厳」というものについて、私たちは、彼女たちより更に前の時代の、封建時代の女たちのように無気力になり不感症になっていた。戦後、二十年を数える今、五十代、三十代、二十代の世代に比して、四十代の女たちの社会的進出がいかにおくれ、人材がいかに少ないかということが各界の著しい現象になっている。ようやく、この一、二年来、あちこちで四十代の女の実業家、学者、芸術家の名の挙げられるのをみる。

それをみても如何に私たちの若い日のすべてが、戦争のため空白にされていたかということが示されていると思う。私たちの世代より前の先輩たちは、権力と闘うことも知っていたし、国体を批判する目も持っていたし、自我の何であるかをも識《し》っていた。それを自分の涙と血で学び取って血肉として知識化していた。

私たちの同年輩の男たちは、戦争に身を挺《てい》して戦い、弾丸の下で戦争の何であるかを体験し、命をかけて、自分の新生の目標をつかんだ。私たちより若い世代は、戦争によってうけた傷は、生理的なかすり傷にすぎず、戦争を一口に馬鹿をみた経験として片づけ、自信を持って進むことができた。

私たちの世代の女たちだけが、夫を、恋人を、兄弟を失い、必死に素直に戦争の正しさを信じて生きたすべてを裏切られ、その打撃と傷痕に虚脱してしまっていた。戦争という現実をさしひいたら、私たちには何ものこっていなかった。私たちは、一から人生をやり直さなければならなかった。二十年かかって信じこまされたものからぬけ、いろはから学び直し、ひとかどの口をきけるようになるのには、やはり二十年余の歳月を必要としたようであった。

私たちは今、ようやく二十の青春を迎えたと同じようなものである。天皇という幻影のために死ににゆく子を産むために、恋し、結婚し、愛する者を戦場に送ることが、名誉ある女の幸福と思っていた夢を、愚かだと嘲《わら》うことは易しい。けれども、その悪夢から覚めた私たち世代の女だけが、本当の虚無の凄じさを知っているし、為政者や権力者に対する根深い憎悪と怨恨をかくしもっていることを忘れてもらいたくはない。

私たちは、幸福の何たるかを考えることもしなかった世代である。今も幸福らしい幻影に決して酔うことのできない世代である。けれども私たち四十代の、戦中派の女たちほど、生きることに対して現実的にたくましいエネルギーを底深く持っている者はいないのである。それは誰に与えられたものでも、教えられたものでもない。自分の愚かさを通して本能で摑《つか》みとった、何よりも確実な、生きる力である。

これからの十年を私たちは幸福の何たるかを論じたりしないで幸福に生ききってみせるであろう。

あとがき

瀬戸内寂聴

青春出版社というのは、その頃、エッセイの本を次々と出版し、それがみんなベストセラーになるという、名前も体質も若々しい出版社であった。

そこから依頼を受け、女の生き方についてのエッセイを書き下ろした。

一九六八年（昭和四三年）、四月十五日に発刊になった。私の四十五歳の時に書いたもので、満四十六歳の誕生日の一ヵ月前に発刊されたことになる。

その数年前から私はいわゆる流行作家と呼ばれる立場になっていて、夜を日についで、書きに書いていた。

そんな中でよく書いたものだと思うが、私はひどく大真面目にこの仕事に取り組んだことを覚えている。出来上ったものは出版社の期待していたものより堅いものになっていた。

出版社はもっと、若い女の甘い愛や恋について、やわらかなエッセイを期待していたらしい。

『愛の倫理』という堅い題も、私がつけてゆずらなかった。

私はこの中で、戦争のまっ只中に青春を過ごし、戦争の傷をもろに受けた、私たち世代の女の苦悩を書き、敗戦後、急にアメリカから与えられた女たちの参政権が、私たちの母や祖母たちの世代が、どんなに苦労して、それを手に入れるために闘ってきたかという女の歴史についても語りたかった。

それまでに、私は明治に生まれ、男女の差別のきびしい社会で、自我にめざめて因習と闘ってきた女たちの伝記をいくつか書いていた。

田村俊子、岡本かの子、伊藤野枝、平塚らいてうなどで、『愛の倫理』を書いている時は、たまたま、明治末の大逆事件で、日本の女で只一人、革命家として絞首刑になった菅野須賀子のことを、連載中であった。

そんなことも重なって、私は自我にめざめ、自分のかくされた才能と開発に勇敢にいどむ女たちの悩みについて、格別の思い入れを持って書いている。

男の需《もと》める「女というもの」と、実在の女たちの中にある女の本性とに、いかにずれがあり、そのため、男女の間に思いがけない誤解を引きおこす結果になるか、そんなことを当時の私は重大事と考えていた。

この中には私自身の家出、離婚、男たちとの恋の苦渋や快楽など、正直に告白しながら、若い人たちのこれからの恋や愛や、結婚や離婚について、ずいぶん真剣に、書いている。

今、私は八十歳になっている。三十五年も昔に書いたものである。この当時、私は黒髪があり、着物や宝石のおしゃれをして、せいぜい女としての快楽を愉しんでいた。小説家としても、脂の乗りきったといわれる精力的に多作の時であった。もちろん恋もあった。一つの恋が終わりかけ新しい恋のはじめと重なりあい、個人的には人知れず苦悩をかかえていた。

そんな時だったので、自分の愛の軌跡を振り返り、反省したり、決意を自分にうながしたりしている時であった。

発刊された『愛の倫理』は少し堅すぎたのか、出版社が期待したほど爆発的には売れなかったが、多くの若い読者や、中年の迷い多い読者を得て、その後も版を重ねつづけ、ロングセラーとなって文庫本にもなった。

それから五年後の私の五十一歳の三月十五日に『ひとりでも生きられる』というエッセイ集を、青春出版社から出してもらっている。これは、出たとたんバカ当りして、ベストセラーになり、ロングセラーになり、私の三百冊余り出している単行本の中で、売行は最高なのである。

この本は、『愛の倫理』よりも、もっと親しみ易い文章でわかり易く書いているので、読者が増えたのだろうと思う。それに題がよかったのだと思う。この題も私がつけた。

その年の十一月、私は中尊寺で出家得度している。

出家後もしばらく私は晴美という父のつけてくれた戸籍名で物を書いていた。二つのエッセイ集も、当然、瀬戸内晴美が著者である。

『愛の倫理』を今度、新装版に改めて、また出版してくれることになった。ロングセラーだから、今風に装幀もシックになるのだろう。名も寂聴にした。

改めて読み直してみて、私の考え方もこの時と全く変わっていなくて、書いてある女性のかかえた問題も、全然旧くなくて、たった今の、若い娘や中年の女性たちのかかえている愛の悩みや、問題がそのまま書かれているのにびっくりした。真理というものは、年月がたっても旧くならないものだということに感動した。

これを機会に、若い人たちに更に広く読まれることを期待し、願っている。


（二〇〇二年刊行・四六判『愛の倫理』のあとがきより）

本書は、一九六八年に小社より刊行され、二〇〇二年に四六判で刊行されたものの新装版です。本文中、今日の観点から見ると一部差別的にとられかねない表現がありますが、著者自身に差別的意図はなく、作品自体の文学性を鑑み、表現の変更を行わずに掲載致しました。

著者紹介

瀬戸内寂聴
徳島市生まれ。東京女子大学卒。1957年『女子大生・曲愛玲』で新潮社同人雑誌賞、61年『田村俊子』で第1回田村俊子賞、63年『夏の終り』で第2回女流文学賞受賞。幅広い文学活動ののち、73年、中尊寺で出家得度。旧名、晴美。翌年、京都嵯峨野に寂庵を結ぶ。その後も旺盛な創作活動を続け、92年『花に問え』で谷崎潤一郎賞、96年『白道』で芸術選奨文部大臣賞受賞。97年、文化功労者。98年『源氏物語』現代語訳全10巻刊行完結。2001年『場所』で野間文芸賞受賞。04年、徳島県立文学書道館館長に就任。同館3階に瀬戸内寂聴記念室がある。06年、文化勲章受章。08年、坂口安吾賞、11年『風景』で泉鏡花賞受賞。14年、文学書道館名誉館長に就任。18年、朝日賞、『句集 ひとり』で星野立子賞受賞。20年、同句集で桂信子賞受賞。近著に掌篇小説集『求愛』、長編小説『死に支度』『いのち』などがある。

愛《あい》の倫理《りんり》

2020年 12月 10日 第1刷
2022年 1月 30日 第2刷

著　　者　瀬戸内寂聴《せとうちじゃくちょう》

発 行 者　小澤源太郎

責任編集　株式会社プライム涌光
電話 編集部 03(3203)2850

発 行 所　株式会社青春出版社
東京都新宿区若松町12番1号〒162-0056
振替番号 00190-7-98602
電話 営業部 03(3207)1916

印刷・大日本印刷　製本・ナショナル製本

万一、落丁、乱丁がありました節は、お取りかえします

ISBN978-4-413-11338-0 C0095